대한문인협회 대전충청지회 동인문집

삶이 담긴 뜨락

시음사
시사랑음악사랑

발간사

존경하는 대한문인협회 대전충청지회 정회원 시인 작가 여러분 안녕하십니까? 본 지회 동인지 창간호의 출간에 즈음하여 감사와 축하를 드립니다.

사람은 살아가면서 누구나 설렘으로 가슴을 부풀게 하며 영원히 잊지 못할 추억으로 남아 있습니다.
시인으로서 마음을 함께 하는 우리 대전충청지회의 문우님들과 함께 출간하는 동인지 창간호 발간에 가슴이 뛰고 너무나 큰 감동으로 잠 못 이루었습니다.

(사)창작문학예술인협의회 김락호 이사장님의 주관으로 2017년 6월 17일 여름 행사인 "시 자연에 걸리다" 라는 테마로 대전예술의전당 내에서 특별 시인 작품 전시회를 시작하여 독자와 함께 하는 뜻깊은 행사를 하고 대한문인협회 대전충청지회는 대전 목척교에서 100인의 명인 명시를 전시하고 성황리에 시화전을 마쳤습니다.

문학의 향상발전과 회원 상호 간의 친목 도모로 대전충청지회는 도약기를 맞고 있으며 현대 시를 대표하는 역량 있는 시인 21 동인께서 엄선해 발표한 창작시로 동인지를 창간하게 되었습니다.

지난봄 전국 지회별 장기자랑에서 영예의 대상에 선정된 100만 원의 상금을 동인지 발간에 후원해 주신 김락호 이사장님과 임원님들께 감사드리며 이에 부응하여 동인지 발간에 적극적으로 참여해 주신 21 동인 시인님 고맙습니다.

대한문인협회 대전충청지회 동인지 창간호의 깊은 의미를 새기면서 훗날 문학의 값진 보석으로 길이 빛나는 동인 시집이 될 것을 기대하며 앞으로 계속되는 동인지 출간으로 이를 계기로 대전충청지회가 대한문인협회 초석으로 승화되기를 바랍니다.

시인은 보이는 것만 보는 것이 아니고 보이지 않는 것을 볼 줄 아는 관찰자로서 또한 내가 아는 것만큼만 쓸 줄 아는 겸손함으로 창작하면서 공부할 줄 아는 문인이 명작을 남긴다는 김락호 이사장님의 말씀을 거울삼아 독자로 하여금 감동을 주는 시인이시길 바랍니다.
동인지 발간에 수고하신 임원과 참여하신 시인님들과 이 기쁨을 함께 나누며 대전충청지회 시인 작가 여러분의 발전과 건강을 기원합니다.

대전충청지회 지회장 임종구

목차

목차

목차

시인 **김말란**

충남 천안시 거주

대한문학세계 시 부문 등단
대한문학세계 신인문학상 수상
(사)창작문학예술인협의회 회원
대한문인협회 대전충청지회 정회원

2017년 특별 초대시인 작품 시화전 선정

피자두

김말란

톡톡 터질 듯 탱탱한 너의 붉음이
너무도 아름다워
빨간 립스틱 발라봅니다

달 뜨는 밤이면
달그림자에 그늘 비친 예쁜 모습은
양귀비도 울고 갈 고운 자태를 지녔습니다

목마른 여름의 땡볕에도
세차게 내리던 빗줄기에도
잘 참고 견뎌온 당신은
애타게 누군가의 손길을 기다리듯
둥글고 탐스러운 몸을 흔들어 줍니다

한여름에 만나는 당신이지만
매일같이 만나고 싶어요
새콤달콤 정겨운 당신

그런 당신이 참 좋습니다.

고맙다 가로등아

바람도 차가운 저녁
계절을 잊은 듯 불어오는 바람에
종종걸음은 둥지를 향하고

거리를 비추는
화려한 가로등은
밤하늘 은하수만큼
곱고 도도 한데

바람에 흔들리는 머리카락은
임을 만난 듯
얼굴을 휘감고

일곱 빛깔 무지개처럼
언제나
그 자리를 지키며
어둠을 밝히는 너

너와 마주하는 오늘도 난
행복의 미소를 머금는다
넌 언제나 영롱한
나만의 등불이니까

사랑이 왔습니다

김말란

끝없이 펼쳐진 꽃길을 걸어
장미꽃 한 아름 안고
내 가슴에 살포시 사랑이 왔습니다

상큼한 바람 등에 업고
눈 부신 햇살 안은 채
고운 사랑으로 왔습니다

임 오시는 길 힘들까
얼굴 가득 미소 머금고
그대 마중을 나갑니다

길가에 늘어선 가로수도
내 맘을 아는 듯
두 손 흔들어 귀여움을 토합니다

어서 오세요
당신을 기다렸어요
그리운 내 사랑 나의 그대여

빗물 속의 당신

김말란

온 세상을 흔들고 내 맘도 흔드는
세찬 비가 오던 날

당신도 빗속에 숨어
내 가슴속으로 세찬 비 되어 오셨나요

빗물 되어 내게 오신 그대여
아픔에 젖어있던 내 가슴을 녹여주는 당신은
빗물 되어 찾아온 내 사랑인가요

민들레 홀씨 되어

바람이 불어와 살짝이 전하는 말
이산 너머 저곳엔 아름다운 강이 있고
꽃이 있다 속삭였지

여린 귀 쫑긋 세우고 이리저리 팔을 벌려
아름다운 곳으로 날갯짓하며
세상 구경을 떠났지

사랑했던 기억들 그리운 임을 버려두고
홀씨는 그렇게 꼬리를 흔들며 떠나갔어

고운 기억 아픈 마음들 뒤로하고
무엇을 향해 누굴 찾아 떠나는 걸까
지금도 알 수 없는 홀씨의 마음이여

옛길 따라

김말란

찔레꽃 잎사귀마다
나비 왔다 갔다
하얀 향기에 취하고

산 너머 초가집 굴뚝에
연기 모락모락 피어오를 때면
산기슭 노을 볕 안고
오일장 갔다 오시는 아버지 모습

운동화 사 올까 기다리다
"비싸 못 샀어" 멋쩍게 웃으실 때
토라진 작은 가슴

자전거 뒤 안장에 실린 고등어 들어 보이고
"다음 장 설 때 사줄게" 약속받고
앞장서시면 더 하얀 뒷모습

잘 따라오나 뒤돌아보며
웃는 눈 그리워
다시 가는 옛길

당신은 알고 계시나요

김말란

사랑한다
좋아한다
말하지 말아요

저 하늘의 별처럼
내 마음속에서 늘
반짝이고 있는 당신을
아!
어쩌란 말인가요

물 흐르듯 달려가는 세월 속에
당신 그리는 마음도
떠났으면 좋으련만
지울 수 없는 아픈 마음
당신은 알고 계시나요

아직도 내 속에 살아있는
당신의 흔적을
아!
어쩌란 말인가요
당신 생각에 절어져 오는
이 아픈 가슴을...

내 마음의 보석상자

김말란

언제 주고 갔을까
받은 기억도 없건만
내 맘속에 들어와 살며시
포장지를 풀고 있다

하루에도 몇 번씩 오가는 빗줄기 속에서
언제 별들을 따왔을까

조용히 들어온 사랑이란 선물
반가움에 망설이다
내 마음에 담기로 했다

여름이 머물고 간 자리에 가을이 찾아오듯
공허한 내 마음에도 사랑이란
별들이 쏟아져 내린다

작은 꿈이지만 함께 이루자 인사하며.

너라는 별

김말란

너의 가슴에 새긴 별이 있다면
나였으면 좋겠어

먼 하늘에서 살짝이 윙크하며
지켜봐 주는 그 별도
나였으면 좋겠어

너의 눈에 비친 사랑스런 별도
나였으면 좋겠어

내 눈에 비친 멋진 별도
너밖에 없으니까

인적 없는 바다

김말란

금빛 물결 일렁이는
넓디넓은 바다에
갈매기 친구 하자
끼룩대며 날아오고

작은 쪽배에 노 젓는 저 사내
어찌 홀로 방황하는가

알 수 없는 그 모습이
애처로워 여기저기서
갈매기들 모여들어 위로하고

쪽배의 노는 흰 물살을
가르며 정처 없이
떠나가네

아무도 찾는 이 없는 바닷가에
백사장 모래만이 손 내밀어
이름 석 자 남겨주네

시인 **김성수**

충남 태안 거주
대한문학세계 시 부문 등단
(사)창작문학예술인협의회 회원
대한문인협회 대전충청지회 정회원

대한창작문예대학 제7기 졸업
대한창작문예대학 졸업 작품 경연대회 대상
대한문인협회 좋은 시 선정

<동인지>
하늘이 숨 쉬는 곳
무지개 피는 언덕
달빛 속을 거닐다
비포장길

죽일 놈에 사랑

김성수

바라만 봐도 설레고
생각만 해도 숨이 가쁘고
숨소리에
귀 기울여 숨죽이고

쳐다보는 눈길엔 불빛처럼 빛나지만
그 죽일 놈에 사랑이란 것은

솔바람 소리에 가슴 저리고
부는 바람 눈가에 눈물 맺혀

노을이 지는 석양에 이별하려는 듯이
서글퍼 가슴만 미어지는
이 죽일 놈에 사랑...

나그네

김성수

창가에 타다남은
초 하나 불을 밝히고

까만 밤
밖을 비추니 어렴풋이
골목 모퉁이로
스치듯 사라지는 뒷모습
낯이 익은듯한데

어두운 밤에 어디로
가는가
차갑기만 한데

파르르 떨고 있는
촛불 울어
주르륵 흘러내리는
촛농 굳어

촛불은 꺼지고
컴컴한 골목엔 그림자마저
잠이 들었나
조용하기만 하네

나의 그림자

김성수

하루하루가
때론 지치고 힘들어도
그냥 기다리며
가는 하루

시간은 날 데려가지만
곁에 함께 있어 주는 이는
오직 너뿐

내가 사랑하고
사랑할 수밖에
없는 너
나의 사랑
그림자

욕해도 배신해도
온갖 괴롭힘에도
변함없이
내 곁에 나와 함께 해주는
나의 그림자

봄이 오는 소리

김성수

양지바른 나무 밑에
떨어져 쌓인 낙엽 속 꿈틀거리며

땅을 머리에 이고
봄은 오고 있네

연초록 새싹
낙엽 이불을 덮고
아무도 모르게
봄을 기다리고 있네

마른 가지에도
물을 머금고
감기었던 눈을 뜨려 애를 쓰네

개구리 나무 아래
엉금엉금 기어오를 때쯤엔
마른 가지 간지러워
감기었던 눈 번쩍 뜨겠네
아름다운 새싹으로 변하여서

눈물

김성수

기뻐 울어
흘리는 눈물은
소리 없이
주르륵 흐르지만

슬퍼 우는
눈물은 뚝뚝 떨어지며
콧물도 합세하고
입에서는 침까지 찬조를 한다

같은 눈물이지만 차이가 있는 것은
아마도 마음속에서 복 바쳐서
흐르는 것이겠지

눈물은 아름다운 것인가
슬픈 것인가

그리운 님 기다리며

김성수

문을 열어 본다.
문으로 화사한 빛이 반긴다

살랑살랑 바람에
나뭇가지 부딪치는 소리
님이 오셔서 기다리고 있다

수줍듯이 얼굴을 숨기고
따사로운 햇살에 눈부실 뿐
님은 앙상한 가지 위에서

문을 열어 본다
하늬바람과 함께 오실
고운 님 기다리며

오늘은 내게

김성수

시간아 조금만
천천히 가자
따라갈 수 있게
나랑 손잡고
천천히 좀 가자

오늘은
나를 등에 업고 가려 하는데
시간아
이리 빨리 가면
나는
오늘과 헤어져야 하잖아

잊기 위해
내려놓기 위해
될 수도 없는 번민에
욕심을

오늘은 내게 모두 버리라 하며
시간은 내게 빨리 가자 하네

정리할 수가 있게
해주지도 않으면서

27

가야 한다면

김성수

바람도 늦잠에 조용한 아침
안개는 보일락 말락 여인에
젖가슴 덮어 놓듯이

아침 해 침침 한눈 밖을 보려
내다보고는
늦잠에 놀라 부는 바람
안개 내쫓으니

속옷 차림의 여인의 젖가슴
훌러덩 벗기고
비로소 모습에 당당하듯

그래도 꽃은 웃으며 재잘대고
꽃밭을 스치며 달려가는 바람

산 중턱에 헉헉대며 오를 때
햇볕에 땀만 삐질 삐질

야 화

김성수

해당화 피고 지고 립스틱 바른 듯
수줍어 고개를 숙인 너
새하얀 청순함에 속옷 차림으로
새벽부터 어두운 밤까지

기다리고 또 기다리고
행여나 그냥
그렇게 기다림에 숨죽여
한숨 속에 한잎 두잎
바람에 날려 보내고

비 오는 밤 머리에 흐르는 빗물
얼굴에 흐르고
눈물 이려는가 빗물 이려는가
여전한 기다림에 지울 수 없어
기다림에 지는 꽃

언젠간 돌아오리란
막연한 기다림에 되뇌어 불러본다
너의 이름을

잊으려

김성수

바람도 길을 잃어
우왕좌왕하고

먼바다에서 안개만
몰아와 놓고
어디론가
가버리는 새벽바람

무엇을 감추려
무엇이 보기 싫어
안개로 덮어 놓고
가버리나

수많은 기억을
지울 수만 있다면
번민과 갈등을

시인 **김인숙**

강원 평창 출생
대전 거주
대한간호협회 정회원(간호사)

대한문학세계 시 부문 등단
(신인문학상 수상 2016)
(사)창작문학예술인협의회 회원
텃밭 문학작가회 회원 운영이사

대한문인협회 금주의 시 선정
2016.5월 5주 (아름다운 연습)
2017.7월 1주 (햇살 좋고 바람 좋고)
대한문인협회 좋은 시 선정
2016. 6월 1주 (허수아비의 짝사랑)

2016. 8월 1주 (알콩달콩)
대한문인협회 이달의 시인 선정 (2017.8)
2016 특별초대 시 자연에 걸리다
시화전 작품선정

2016 한국문학 발전상 수상
2017 명인명시 특선시인선 선정

<저서>
시집 "꽃이 비에게"

<공저>
현대시를 대표하는 명인명시 특별시인선
텃밭문학회 텃밭 9호

E-mail : a0090165@naver.com

조롱박

김인숙

복 바가지 되고 싶어
부풀 대로 퉁글퉁글
어린 조롱박
꿈을 가득 품은 풋풋함이
달려있네

속 여물고 겉이 여무는 날
시원한 샘물 한 바가지
담고 싶다고
태양 아래 뜨거운 열기
기쁜 땀 흘려 맞이하네

조롱박 복 바가지
목마르지 않을 생수를 담고 싶어
목 타는 오늘 갈증 까맣게 잊고
태양 아래 매일매일 익어만 간다

치자꽃 향기

김인숙

멀리서 바라만 보아도
풍겨오는 은은한 향기
취하듯 이끌리어
눈을 뗄 수가 없습니다

바라보면
볼수록 아름다워서
그냥 눈물이 납니다

기쁨이 넘치면
눈물 한 방울방울
영롱한 보석이 되어 흐름을
당신을 통하여 비로소 알았습니다

계절이 바뀌어도 변하지 않을
순전한 믿음 옹골찬 사랑
영혼의 향기로 물들여 주셨습니다

능소화 여인

김인숙

하나뿐인
절박한 그 사랑은
점점 멀어져만 가는데

아직도 뜨거움 그대로인
빈 가슴은 서러워
눈물만이 흐르는가

영혼을 진동하는
향기로 오실 임 그리다
홀로 시들어가는 꽃이여

들꽃 속에 편히 쉴
무너진 흙 돌담
하나라도 족할 것을

구중궁궐 고고한 그 임이
그렇게도 그리웠는가
애달프다 꽃이여!

맥주

김인숙

거품이 오른다
한껏 부푼
첫사랑의 꿈처럼

이내
스러지고 말을
설레는 청춘이 쓰디쓰다

한 모금의
서툴고 아른아른한 추억
술잔에 담긴 세월은
너를 싣고 떠나는데

환한 웃음조차
마지막 한 방울에 취해
출렁거리는 고독이여

길거리 캐스팅

김인숙

길을 걸어갈 때
민들레 제비꽃 강아지풀 코스모스
수많은 이름을
보았다 들었다
가슴에 찰칵 나의 시로 담는다

오래오래
마음의 꽃으로 향기로울
그들을 생각한다

시들시들한 내 하루의
기쁨을 흔들어 깨워 줄
참신한 들꽃 향기 풀잎들을
보고 싶고 만나고 싶어

오늘도
두 눈에 가득 고인 간절함이
자꾸 두리번거린다
그 길에서…….

퇴근길

김인숙

일터를 벗어나 시원한
밤바람과 손잡고 가는 길

힘들고 숨 가쁜 시간 내려놓고
빈 발걸음과 마음으로
걸어가는 길

흘린 땀만큼
쏟은 열심과 정성만큼
가볍다 홀가분하다

아!
하늘의 달, 별, 구름도
나를 따라 어깨동무하고
싱글벙글 걸어가는 퇴근길

비야

김인숙

들어오지 말고
그냥 가려무나

내 속은
너무나 슬퍼
너마저 들어오면
나는 어쩌면 좋을까

비야
아픈 속
다 털고 맘껏 울고 가렴
나는 너를 핑계 삼아
마냥 울을 테니
오늘은 내 울음 친구가 되어 주렴

진실한 친구 한 명이 그리울 때
나는 또 네가 그리워 울 것만 같구나
참지 못하고 흐느낄 것만 같구나

비 그치면

김인숙

이 비 그치면
나뭇잎의 빗방울들

개구쟁이 바람 타고
한꺼번에 우르르
머리 위로 쏟아질지도 몰라요

머리 위에 이슬 같은 빗방울이
쏟아진다 한들 흠뻑 젖지는 않겠지만
얼마나 깜짝 놀랄 일이겠는지요

깜짝 놀라게 할
그 설렘을 기다리는 발걸음은
심심한 오후 같은 나이를 먹고 뚜벅이는 데
왜 이리도 바람은 장난꾸러기인가요

빗방울

김인숙

하늘에서 내려온 맑은 빗방울
이름 모를 잎사귀에 살포시 쉬고 있어요

초록 잎사귀는
방울이 예쁘다고 싱글벙글
너른 가슴을 열어 활짝 웃고 있어요

뜨거운 햇살이 심술부릴 때
또르르 또르르
짧은 만남을 아쉬워 울을 테지만

잎사귀는 크게 울 수도 없어
바람 소리에 울음 숨겨
가늘게 흐느껴 울을 테지만

빗방울은 알아요
잎사귀도 알아요
언젠가 또 만나리라는 것을

잠시 왔다가 사라지는
슬픈 만남이 아닌
영원한 만남을 준비하는 것이라고

할미꽃을 생각하며

김인숙

어렸을 적에도
할미꽃
할머니가 되어도
할미꽃

언제나 꽃의 이름을
잃지 않고
이쁘다는 건
한결같은 따스한 마음일 거예요

외로운 무덤가에서도
오솔길에서도
오가는 이의 위로 같은
겸손한 고운 미소 그 모습
잊을 수가 없어요

언제나 꽃으로
영원히 지지 않는
마음 깊은 곳에 정겨운 꽃으로
나도 누군가에게
시들지 않는
할미꽃이 되고 싶어요

시인 **나영순**

충남 서천 출생

2012년 서라벌 문예 신인작품상 등단
2015년 한밭시낭송 전국대회 금상
2017년 한줄시 전국공모전 장려상
대전문인협회 회원
대한문인협회 대전충청지회 정회원
덕향문학회 회장

<시집>
"숨은그림찾기"
"꽃을 만진 뒤부터"

눈물이 자라던 그날

나영순

사랑이 한 뼘이나 자랐다
눈물은 서너 말이나 되었지만

그저 지나가는 바람 속에서나
자랄 줄만 알았는데

봄볕 좋은 처마 밑에서도
아지랑이 타는 한길 가 축축한 도랑 밑에서도
섬광처럼 자라지 않아
내 속을 무던히 태우더니

눈물을 보름이나 본 후에
저처럼 자랐으니
사랑은 분명
눈물 꽃

수를 놓는다

나영순

눈과 함께 걷는 아침
까치는 새손이 없는 듯 움직임이 없다
그래서 새벽은 초승달이 밤을 새기도 전에
아낙네들의 발걸음으로 시작되고
알람은 밤이 짧았는지 옹옹거린다

하얗게 둥근 세상은
이미 내 것이 아니어도 좋다
살아서 움직일 수 있다면
수를 놓아야 하는 이유
마음 같이 되지 않는다고 한 시절
사랑하는 사람이 많지 않다고 한 세월
웃는 날이 적다고 한 때를
툴툴 털어내는
아침이 있어서다

다 지나가리라
돌고 돌아 눈이 되는 세상

그 하얗게 들뜬 눈과 함께 가는 아침
수를 놓아야 하는 이유다

등불

나영순

햇빛은 아직도 채마밭 둔덕에 걸려 있는데
저녁상 차리러 오는
어머니의 광주리에는
벌써 찬 어둠이 한 가득

내 눈물이야 닦으면 그만이지만
어머니의 광주리에 찬 설움은
해가 바뀌어도 녹는 줄을 몰라
시름시름
가을을 먹는다

토담 곁 붉은 등마저
토해낸 그 설움을
가을이 시름시름
먹는다

시름시름
가을을 먹는다

곱다

나영순

흰 살 눈 속이 곱다
밤새 지쳤을 언덕마다
하얗게 꽃을 피운
함박눈이 곱다

그래서
함박눈 속에서는 사랑이 곱다
가슴을 꼬옥 차고 드는
눈 사랑의 꿈이 곱다

문

나영순

세상을 잇는 점들의 울림
수많은 철새들과
길을 잃은 바람들이
장마처럼 굵은 이별들을 토해내
매번 다른 움직임들이 시장처럼 들떠있는 곳

그곳엔 언제나 미지의 손을 따라
"짤깍" 잠시 숨이 멎는 순간
가슴을 타고 흐르는
푸른 능선과 금빛 강들 사이로
그 뜨거운 시선들이
거침없이 다가서는 곳

정을 떼야 사람이 들고
밀물이 든 후에야 새 터가 열리는 곳

내 마음의 창
내 마음의 문

오래도록 아주 오래도록
기억의 눈이 될
내 마음의 문

가을 들녘

나영순

가을이 탄다
가을이 탄다
울 넘고 산 넘어
가을이 탄다

그 바람이 일어와
가슴에도 탄다

어느 곳이라
그 타는 곳 없으랴마는
이골 저골
다 비어두고

내 가슴에서만 탄다

접시꽃

누군가가
아내를 잃은 꽃이란다

한 숨도 놓지 않으려
애원했을 그 마지막 길
울어도울어도 되돌릴 수 없건만

서럽고 서러운 건
꽃말이어서도 아니고
아낙을 닮은 꽃잎이어서도 아니다

아내를 먼저 보낸
그 사내의 눈가에 켜켜이 앉았을
남은 아이들의
눈망울에
미운 세상이 보일까 봐서다

그리움

나영순

지나가는 여름에 씨 하나 심었다
50년을 삼키며 지녀온 눈물이었다
바람이 지켜준 눈물
따스한 가슴 만나면
홀씨가 되어버리는 눈물

내가 달이라면

나영순

내가 달이라면
조금 구름, 한 줄 바람에도
벌써 낮부터 반쪽 되는
초승달은 되지 않으련다

못내 차지 않아
밤새 뒤척이며 초롱처럼 흔들리지도 않으리니
행여 어둠에 지치고
발길 둘 곳 없어
네 동그란 가슴에라도 들라치면

아직은 덜 뜨겁고
낮게 앉으려 하지는 못할지라도
애써
보름달만 되련다

되리라

나영순

나는 벌이 되리라
나는 나비가 되리라

작게 아주 작게 모아
최상의 달콤한 꿈을 꾸게 하고
가볍게 조금 가볍게 날아
온 화신을 맺어주는
벌과
나비가 되리라

시인 **박영애**

대한문학세계 시 부문 등단
대한창작문예대학 졸업
문예창작지도자 자격증 취득
시낭송지도자 자격증 취득
현) (사)창작문학예술인협의회 이사
현) 대한문인협회 대전충청지회 부지회장
현) 대한문인협회 금주의 시 선정위원장
현) 대한시낭송가협회 회장
현) 대한문학세계 편집위원, 심사위원
현) 대한문화예술방송 아트티비
　　　　　'명인명시를 찾아서' MC
현) 동화구연, 시낭송 교육강사,
　　　　　글쓰기 및 논술지도 강사
현) 대한창작문예대학 지도 교수
현) 시낭송 지도자 과정 지도 교수
현) 한 줄 시 공모전,
　　　순 우리말 글짓기 전국 공모전 심사위원
현) 2015~ 물 사랑, 보훈의 달 글짓기 심사위원

시낭송대회 대상 수상
대한문인협회 한국문화예술인상 수상
대한시낭송가협회 국회의원 특별상 수상
대한문인협회 한국문화예술인 대상 수상
대한문인협회 한 줄 詩 공모전 은상 수상
박경리 전국 시낭송대회 특별상 수상
대한문인협회 한국문학 올해의 시인상 수상
대한문인협회 한국문학 예술인 금상 수상
특별초대 시인 유화 시화전 작품 선정
2014, 2015, 2016, 2017 특별 초대 시화전 선정
2014, 2015, 2016, 2017 "명인명시 특선시인선" 선정
대한문인협회 이달의 시 선정
대한문인협회 금주의 시 및 낭송시 다수 선정
<공저>
2015년 특별 초대 시인 시화 작품집 [유화에 시의 영혼을 담다]
2015년 대한창작문예대학 졸업 작품집 [우리들의 여백]
2014~2017년 현대시를 대표하는 '명인명시 특선시인선'
<시낭송 작품집>
시낭송 모음 CD 1집 "거울속의 다른 나" (임세훈 시집)
시낭송 모음 CD 2집 "詩 자연을 읊다." (이서연 시인)
시낭송 모음 CD 3집 "시 소리로 삶을 치유하다." 소리로 듣는 멀티 시집

파도의 사유

박영애

거센 파도처럼 밀려오는 그리움은
견딜 수 없는 아픔이 되어
마음 깊은 곳에 또 하나의 흔적을 남기고
소리 없이 사라진다.

잊을만하면 찾아오는 통증
아프다
보고 싶다
안고 싶다
그냥 바라만 보아도 좋으련만
네가 없는 이곳이 이리도 황량할 줄 몰랐다.

내 사람이어서 행복했다.
그 사람이 다른 사람이 아닌
바로 너라서
그냥 마음 깊은 곳에 담았다.

그 뿌리가
그토록 깊이 박힌 줄 이제야 깨닫는
나는 바보였다.

순간 미치도록 보고 싶어질 때가 있지
지금처럼
그럴 땐 눈물 한 방울 가슴에 담고
그리움으로 꼭꼭 덮어본다.

제목 : 파도의 사유
시낭송 : 박영애
스마트폰으로 QR 코드를 스
시낭송을 감상할 수 있습니

상흔을 품다

박영애

호흡하기조차 힘든
어둠이 잠식해버린 몸뚱어리.

사랑의 굴레에서 벗어나려고 발버둥 칠수록
더욱 선명해지는 기억이
헤어 나올 수 없는 늪으로 빠지게 한다.

차라리 망각의 강을 건너
모든 것을 지울 수 있다면
심장이 타들어 가는 아픔을 잠재울 수 있을까?

깊은 상념은
포식자처럼 영혼을 갉아먹고
육신은 점점 메말라 가게 한다.

멀리 닭 우는 소리와
고통의 밤이 기지개를 켜고 일어난다.

春 에게

박영애

겨우내 숨겨 두었던
사무친 그리움이
연분홍빛 사랑으로 피어납니다.

혹여나
임 보고픔에 기다리다 지쳐
꽃이 다 진다해도
임 향한 마음은 연초록빛으로
남겨두겠습니다.

그래도 오시지 않는다면
흔들리는 가녀린 마음 꼭 부여잡고
임 그리며 기다리겠습니다.

봄은 또 다시 오니까요.

華 詩 夢(화 시 몽)

박영애

스러지면서
자신을 남김없이 내어 준 너는
햇살을 머금고서야
내게로 왔다

입 안 가득 퍼지는 너의 향기가
아침 이슬처럼 흔적을 남길 때
두 손 살포시 모아 받쳐 들고
너를 마신다.

빗방울에 맺혀 내게로 온 너와 함께 한다.
아!
달콤하다.

제목 : 華 詩 夢
시낭송 : 박영애
스마트폰으로 QR 코드를 스캔하면
시낭송을 감상할 수 있습니다.

민들레 날다.

박영애

흰 이불을 덮고 잠자던
노란 꽃잎이 이불 사이로
얼굴을 내밀었다.

잠에서 깨어난 자그마한 꽃잎은
노란색 꽃도 되고,
하얀 솜사탕도 되다
구름처럼 피어 날린다.

솜털처럼 여린 사랑을
하얀 그리움에 사랑으로
바람이 실어 나르면
내 마음도 덩달아
사랑을 실어 나른다.

만남

박영애

처음엔
그냥 무덤덤했습니다.

두 번짼
그의 말에 귀를 기울였습니다.

세 번짼
한 번 더 웃었습니다.

네 번째 보았을 땐
그가 내 눈에 들어왔습니다.

다섯 번째 만났을 땐
내 마음에 자리하고 있었습니다.

생각만 해도
가슴 떨리는 그대입니다

가난한 시어

박영애

삶의 고뇌를 토악질 한다.
생각의 열차는 간이역으로 떠나고
텅 빈 갱지에는
난삽한 언어만이 어지럽게 춤을 춘다.

손 내밀면 멀어지는 언어는
허공을 떠돌고
까만 먹물로 내려앉은 언어는
내 것이 아닌 허상으로 가득하다.

고요와 적막의 터널
어둠 속에 허기진 언어
소리 내어 뱉어보지만
한 줄기 빛에 스러진다.

순간의 삶도 승차하지 못하고
떠돌던 언어마저 하차해버린 간이역.
허파를 파고드는 간절함만이
시린 종이에 파릿하게 앉았다.

삶의 언어를 찾지 못한 열차는
애타는 갈증으로 밤새 기찻길을 떠돌고
굶주린 언어에 먹물은 까맣게 말라만 간다.
여명의 스러진 죽은 언어를 안고서....

피반령 고개

박영애

유난히 바람이 차갑게 불던 날
이름도 모른 채 너를 만났다.
굽이굽이 휘어지는 미로 같은 너를 따라가면서
알 수 없는 적막감과 두려움이 나를 휘감았다.

차츰 시간이 지나 너를 알게 되었다.
이름은 피반령 고개
해발높이 360미터
아름다운 사계절의 멋진 풍경
청주와 보은을 연결해주는 소중한 통로다.

그런 네가 언제부터인가
내 삶 속에 깊숙이 자리했다.
철마다 형형 색깔의 아름다움을 선물해 주었고
기쁨과 슬픔을 함께 나누며 지친 삶을 위로해주고
열정적인 꿈과 삶을 향해 달릴 수 있게 해주었다.

너를 만나 두렵기도 했지만
지금 나는 너와 함께
삶을 동행하고 싶다.

제목 : 피반령 고개
시낭송 : 박영애
스마트폰으로 QR 코드를 스캔하면
시낭송을 감상할 수 있습니다.

아직은

박영애

당신이 이 세상 떠나던 날
그 슬픔은 눈이 되어 내리고
내 마음을 얼게 했습니다.

흐르는 시간 속에
내 심장은 멈춘 듯 뛰지 않았고
초점 없는 눈은
먼 허공만 바라보았습니다.

망부석이 되어
흔들림 없이 나만을 바라보고
사랑하겠노라 고백하던 당신

그 사랑을 감당할 수 없어
환한 웃음 대신
당신을 외면하며 아프게 했던 순간들이
한없이 후회스럽습니다.

아직도 나는
당신을 보낼 수 없기에
마지막 가는 길 배웅하지 못하고
가끔,
주인 없는 전화번호에 메시지를 남깁니다.

잘 지내고 계시지요
보고 싶습니다.

제목 : 아직은
시낭송 : 김락호
스마트폰으로 QR 코드를 스
시낭송을 감상할 수 있습니

쇠똥구리의 희망

박영애

더러움을 마다하지 않는다,
행복한 웃음을 위한 발걸음
소똥이든
말똥이든
기꺼이 육신이 쇠진할 때까지
운명처럼 동행한다.

앞이 보이지 않아도
나보다 더 큰 행복의 자양분을
고통의 길 위에 굴린다.

깨지기도 하고 버려야 하는 아픔도 있지만
내게 주어진 굴레라 여기며
포기하지 않고 묵묵히 그 길을 간다

더럽다 손가락질 받아도 상관없다.
아이들의 소중한 웃음을 만들고
행복의 울타리를 만들기 위해서라면
이 한 몸 오물로 뒤집어쓴다 해도
피하지 않을 것이다.

오늘도 똥을 굴린다.
오물을 뒤집어쓰고
행복의 문턱을 넘어
아이들의 웃음이 머문 그곳으로 향한다.
그것이 어미의 숙명이기에

시인 **박윤종**

충북 영동 거주

대한문학세계 시 부문 등단
(사)창작문학예술인협의회 회원
대한문인협회 대전충청지회 정회원

2017년3월19일 대한문학세계 신인문학상

고향

박윤종

진달래 붉게 피어 봄을 알리던 산천
그 붉은 꽃길이 고향이란 걸

뒤뜰 감잎은 세월에 시간을 갈아먹으며

포근한 인심 고이 지키네

저녁이면 별똥별 꼬리 잡고 따라가고 싶던 밤

그렇게 노닐다 모깃불 연기 속으로

꿈길 떠나는
가슴속의 내 고향

그대여

박윤종

불어오는 바람에도 멍이 들까
바라보는 눈길조차 멍이 들까

온통 사랑으로 가득 채워져
내 마음이 먼저 멍이 들어있네

내 사랑 그대여
소나기 내리면 빗방울에 멍들까 두려워
난 이미 조바심에 멍들어 있네

글 쓰는 이의 식탁

박윤종

파릇한 풀잎에 이슬이
글 쓰는 이에게 필을 들게 했다

산새 지저귀고
시냇물 소리 졸졸거리면

필에 손은 절정에 이르러
꿈꾸는 한 세상을 맞노니

시월에 뒹구는 낙엽에 소리
창공을 흐르는 하얀 구름

모두가 글 쓰는 이에 식탁이어라

낮달

박윤종

마고자 호박 단추가 여명 위에 박혀 빛난다

몸은 하얗게 야위어져
중천에서 머물고

보고픈 님 잊지 못해
하얀 낮달이 되어 잠들지 못하네

외로움은 내 마음 깔고 앉아
핏기를 앗아가고

하늘 강 저편에 돛단배 띄워
하루 이틀 저편에 노 저어 가리라

그리움에 물들다

박윤종

하늘에 까만 점들이 지붕에 떨어져
낙숫물 이루고

동그라미 그리며 떠내려가는 흐름들
내 마음 같아 흐르는 길목마다 보고픔 뿌려지고

그대 머무는 뜨락까지
내 마음 흘러가리다

흐르다 흐르다
그대에게 전하지 못한 그리움은 모여서
호수가 되리라

보고픔

박윤종

해가 떴다 지는 순간에도
그대 그리움은 흐르고

밤새 뿌려지는 뽀얀 은하수
숨어버린 별님은 내님이련가

운무 드리고 밝아오는 아침
귓전에 새소리 들림은

그대가 날 부르는 소리

사랑아 나직이 불러봄은
아마 그대 보고픔 일 거야

세월

박윤종

날리는 빗줄기 피하려 하지 마오
그대 사랑이 녹아있는 세월이려니

홀로 걷는 고독한 길에서
노란 민들레 배시시 웃던
아름다움이 영혼을 풍요롭게 하네

바스락 마른 세월은 타버린 한 줌이 되어
민들레 백발처럼 바람에 날린다

중년에 접어들어 마음 밑바닥에서
냉기가 스며들면 내 마음도 널 사랑하리라

연

박윤종

실오라기 한 줄에 실려 보낸 이 마음
산 넘어 돌아앉은 내 님은 아시려나

눈 속 동백 꽃잎처럼 얼굴은 발그레

이 마음 전할 길 없어
남풍 부는 날 가슴에 적은 글

마음은 허공에 솟아
그대 미소 바라볼 때

연줄에 실려 오는 떨림은
아직 날 잊지 않았나 보다

추억의 보따리

박윤종

북풍한설에 시린 발가락
좁은 비탈길 걷던 시절

아득한 뒤편 추억을 더듬네
서럽던 한 시절이 향나무 가지에 걸려있고
시간에 절인 소나무엔 백로가 올라앉아

시객을 불러주던 그 언덕
지금도 거기엔 송홧가루 날리고 있다

호롱불 사랑가

박윤종

한가로운 백로는 대숲을 찾고
발가락 사이에 사랑을 움켜쥐고
느즌한 시간과 함께 내려앉는다

저녁노을도 힘겨워
쓰러져버린 회색 하늘

사랑이 고파오면
이 밤도 희미한 호롱불 밝혀주는 닮님에
사랑가가 들려온다

시인 **백덕임**

호) 설아
충남 보령시 거주
대한문학세계 시 부문 등단
2016년 신인문학상 수상
(사)창작문학예술인협의회 회원
대한문인협회 대전충청지회 정회원
세계 최초 여성 나뭇잎예술작가
(현)나뭇잎예술작가로 활동 중
(현)보령시 자활센타근무

이메일:bdi4002@hanmail.net

그대가 그리운 날에

백덕임

나 그대를 그리워하고
그대 나를 그리워함은
저 하늘이 알까요
불어오는 하늬바람이 알까요
우리 마음만이 알겠지요

건널 수 없는
은빛강 끝과 끝 사이에 서서
서로의 희미한 그림자만 보며
애타는 마음으로
서로가 바라만 보고 있으니
미치도록 더 그리워서
자꾸자꾸 눈물이 나네요

우리 힘들어도 포기하지 말아요
우리 마음 아파도 놓지 말아요
우리 그리워도 슬퍼하지 말아요

언젠가는 건널 수 없는
저 은빛강물(은하수)을 건너
우리 사랑 속삭이는 날이
기쁨의 노래를 부르는 날이
올 테니까요.

매화

백덕임

혹독한 겨울
만물이 다 떨고 있을 때

화사하게
꽃망울 터뜨리고
앙상한 가지에
도도하면서도
요염하고 단아한 자태로
그윽한 기품 향기 뿜어

급하게 가던
발걸음을 머물게 하고
눈 마주치니 환한 얼굴로
배시시 웃으며
윙크를 해주는
매화의 매력에
내 마음을 몽땅 빼앗기고

아름다운 미모에 반하고
향기에 취해서
사랑놀이 하다가
내 님을 만나러 가는
생각도 잊었다네.

선물

백덕임

봄바람
살랑살랑 불어오고

아름다운
꽃들이 시샘을 하듯
신이 나도록 피워주니

오고 가는
발길 닿는 곳마다
꽃들의 향연 속이라네

아름다운 봄봄봄!!
향기로운
꽃내음을 맡으며

내 마음에도
꽃이 피고 있다는 걸
사랑의 향기가 난다는 걸
이 봄날에
난 알았다네

이 꽃으로 향수 만들어
사랑하는 그대에게
선물로 드리리다.

설경

백덕임

고운 꿈속에
아름다운 꽃길을 걸으며
함박웃음으로 기쁨을 안고 가다가
그윽한 꽃향기에 잠이 깨어
눈을 살며시 떠보니
동창이 밝았구나

동창을 내다보니
어느 시간부터였을까
하늘이 드넓은 하나의 창을 열어서
밤사이에 새하얀 흰 눈을
후하도록 오늘에게 살포시
선물을 내려주고 하늘 문을 닫았구나

앞산 나무들에게도
옹기종기 모여 얘기 나누는
동네에도 넓은 들녘에도
온통 순백의 물감으로만
풍경화를 그려 냈구나

어느 훌륭한 화가가
그림을 그린다 한들
자연이 그려내는 그림만 하랴.

소중한 건 바라볼 수 밖에 없는 것

백덕임

밤하늘에
찬란하게 빛나는 별들을
가질 수도 만질 수도 없기에
더 귀하고 소중하게 여겨지나 봅니다

나에게도 밤하늘의 별처럼
그런 소중한 사람 한 사람 있습니다
가질 수도 만질 수도 없기에
더 소중하고 아름다운 사람

밤하늘이
별들을 예쁘게 담았다면
내 마음에는 오직 그 한 사람만을
소중하게 담아 놓았습니다

오늘 밤은
유난히 내 안의 그 사람이
더 보고싶고 더 그리워서
달빛 드리우는 창가에 기대여
눈물을 그렁거리는 눈으로
밤하늘을 올려다보니

달도 별들도 울고 있음은
내가 울고 있기 때문입니다.

아픈 상처 내고야 꽃은 핀다

백덕임

봄에 꽃을 피우기 위해
겨울 동안 헐벗은 몸
세찬 바람에 매 맞으며

아픔을 인내하며 밤낮
하늘을 향하여 봄이 오기를
간절히 기다렸으리라

미풍과 따뜻한 햇볕이
내려주는 봄에도
또 한 번의 살갗을 찢기는
아픔의 상처를 내야만이
어여쁜 꽃을 피워낸다

상처받지 않고
아픔 없는 사랑이 어디 있으랴
슬픔 없고 가슴 아파서
눈물 흘려 보지 않는
삶이 어디 있으랴

많고 적은 짐
무거운 짐 짊어지지 않고
가는 인생이 어디 있으랴.

어깨 내어 주는 사람으로

백덕임

오늘 누군가 힘이 들때
기댈 수 있도록 버팀목이
되어주며 살아가리라

누군가 삶의 무게가 버거워서
삶을 포기 하고 싶을 때
세상이 무너지는 것 같이 힘들 때
간신히 살아가는 것 같을 때
누군가의 힘이 되어주며 누군가를 위해
기도해 주며 살아가리라

그 사람과 만나 얘기를
나누어 본 적도 없고
그 사람과 옷깃 한 번 스쳐 지나간
인연이 되었든 아니 되었든
성품이 부드러운 사람이든
까다로운 사람이든

그 누군가 삶에 지쳐 서 있기조차도
힘들다고 그냥 어깨 한 번
빌려 달라고 하면 망설임 없이
기꺼이 기댈 수 있도록
내 어깨 내어 드리겠네.

오직 한사람

백덕임

오직 내 마음에
사랑하는 단 한 사람 있으니
언젠가는 그 사람도 나에게
사랑으로 곱게 물들어 주는
그 날이 오길 바래본다

난 너에게
넌 나에게
우리 인생 다 가도록
사랑하는 단 한 사람으로 남아주길

보고싶은 사람아
그리움으로 힘들게 하는 사람아
애틋함으로 눈물나게 하는 사람아

내가 그대만을
사랑해 주는 사람으로
그대가 나만을
사랑해 주는 사람으로 남길 바래

나에게 이 사랑이
가슴 아픈 추억으로
남겨지지 않도록 부탁할게.

우리사랑 시들지 말아요

백덕임

우리 서로가 옆에 있어 주기에
때론 삶이 버겁고 부대낌 속에서도
참아내며 잘 이겨낼 수 있는 것은
서로가 사랑하고 있기 때문입니다

비록 풍족한 물질은 없더라도
우리의 넉넉한 사랑으로
서로 아껴주며 이해해주고
서로 바라보며 웃을 수 있고
함께 할 수 있다는 것만으로도
축복이고 감사한 일입니다

앞으로 우리 삶의 슬픈 일 좋은 일
맞이하면서 살아가겠지만
많은 세월이 흐르고 나이가 들어서
모든 기억들을 다 잊는다 해도
우리 이름 석 자와 아름다운 사랑의
기억들은 하나도 잊혀지지 않고 기억되어서

우리 마지막 날에 사랑했노라고
웃으며 아름다운 세상에서
다시 만남을 약속하며 눈 감는
우리였음 참 좋겠습니다.

허수아비의 바램

백덕임

머리서부터 온몸까지 내리쬐는
따가운 햇빛에도 얼굴을
찡그릴 수 없는 나는 슬픈 허수아비

벼 알갱이가 영글어 가기 전부터
황금 들판을 지나 추수 때까지
들판에 외발로 서서 양팔을 벌리고 있어도
힘들다고 말 한마디 못 하고
울고 싶어도 눈물 흘릴 수 없는
나는 고독한 허수아비

그리움에 친구들을 기다리다
놀러 와주는 참새들도
바람이 나를 스치고 지나가면
주인님이 달아놓은 요란한 깡통 소리에
기겁을 하고 멀리 날아가도
부를 수 없는 나는 외로운 허수아비

다음에 다시 태어난다면
친구들을 내어쫓는 허수아비가 아닌
친구들을 불러들이는 인정많은
허수아비로 외롭지 않은
간절한 나의 바램입니다.

시인 **안정순**

충남 부여 거주
현) 대한문인협회 대전충청지회 총무국장

<수상>
2013년 3월 시 부문 신인문학상
2014년 올해의 시인상
2014년 순우리말 글짓기 전국시인대회 은
2015년 한줄시 공모전 대상
2017년 순우리말 글짓기 대상

<공저>
명인명시 특선시인선 5회 선정
(2013,2014,2015,2016,2017)

E-mail : fass7080@hanmail.net

호박꽃

안정순

생명을 잉태한 몸
하늘을 우러르며
새벽이슬에 몸을 씻고

초가지붕에 드리운
아침 햇살의 넉넉함으로
삶의 테두리 두루두루 채우며

입가에 머금은 온화한 미소는
모태의 성스런 향기처럼
생명을 품은 태교의 몸짓이리

푸름이 다하여
만삭의 들녘이 고개를 숙이듯
구름에 달 가듯 세월에 수긍하며
바람에 날리는 옷자락 정갈히 여미며

고귀한 숨결 오롯이 맥을 이어
겸손으로 아우르며 살아가기를 소원하는
어머니의 그 어머니처럼
그렇게 그렇게 한 생이 저물어 간다.

삶은 기다리는 것

안정순

삶의 긴 여로에
외로움이 파도처럼 밀려오면
그리움 한 조각 베어 삼키며
설은 걸음 떨쳐 냅니다

거센 눈보라가 몰아치는 날이면
꽃 피고 종달새 지저귀는
햇살이 포근한 봄날을 그리며

아이들이 어렸을 땐
번듯한 성년이 되어주기를
몸과 마음을 다해
소망하며 꿈을 꿉니다

굽이굽이 넘던 고갯길
움푹 팬 얼굴엔
검은 머리에 빛바랜 하얀 세월만이

장작불에 생선 꼬리 구워놓고서
진종일 누구를 기다리는지
이제나저제나 동네 어귀 바라보는
백발의 노모처럼.

아버지의 하얀 고무신

안정순

하늘빛 닮은 가슴 낙숫물에 흐려질까
밭일과 집안일
셋째 언니의 바쁜 손포 때로는 대신하며

동네 꼭대기 집 마당 옆으로 흐르는
개울 빨랫돌에 앉아
땡볕에 그을린 아버지 세월을 닦듯

지푸락 돌돌 말아 얼굴을 비춰가며
물속에 비친 하얀 고무신
닦고 또 닦아서

앞산이 훤히 보이는 방문 앞
볕이 잘 드는 흙마루 끝에
가지런히 세워놓으면

지나가던 뭉게구름 제집인 양
뽀얀 신발 속에 잠시 졸다가
외양간 누렁이 긴 하품에 화들짝 놀라
쪽잠에 깨어 두리번거린다.

삽작을 나서면

안정순

양 문지기 감나무 사이로
내리막길을 따라
아래뜸을 지나 학교 가던 길

마당 초입 담배곳간이 있는
궁색한 오두막집 옆으로
우리보다 형편이 나은
강씨네가 살던 번듯한 초가삼간

소태나무가 있는 구부러진 돌담을 끼고
마당을 향해 오르면
풀이 무성한 마당 가운데
주인을 기다리는 덩그런한 장독대

쩌렁쩌렁하시던 그 어머니
꽃다운 청춘 항아리에 남겨 놓은 체
구순이 넘어 요양 길에 오르셨단다

고샅에 불어오는 바람결에
전해오는 세상 얘기 들으며
흙벽이 떨어진 대문간의 큰아들 이름 석 자
어머니를 기다리며
오늘도 아궁이에 불을 지핀다.

길 잃은 잎새 하나

안정순

멋스러운 갈색 깃에
나풀거리는 단풍 빛 스카프
삽시간에 휘달리던 소슬바람
빈 가슴 찾아들까 칭칭 동여맨다

골목을 휘젓는 초겨울 기세
늦가을 슬픈 영혼
훠이훠이 몰아세우며

재촉하는 해 걸음에
채 삭이지 못한 단풍잎 하나
또르르 발길을 잡고서

이 밤 찾아올 한기에
파리한 몸 움츠리며 끔벅끔벅
애절한 눈빛을 보낸다

아! 어쩌나!
길 잃은
저 슬픈 눈동자를!

꽁초

안정순

한때는 백옥 같은 미끈한 몸매에
마법 같은 네 향기에 매료되어
널 품었던 수많은 남정네의
황홀했던 하룻밤 꿈처럼

타오르는 너의 욕정에 못 이겨
세상을 등진 이도
뜨겁던 사랑에 후회는 없으리라

가슴 속을 휘젓던 너의 진한 향기
어느 여인인들 너를 대신할까

살아 숨 쉬는 날 동안
다시는 오지 않을 청춘 온몸을 사르며
삶 전부를 걸었던 너

뜨거운 긴 입맞춤에 멎어버린 심장은
뿌연 연기 사이로 사라지고

신작로 널브러진 너의 씁쓸한 뒷모습
모퉁이를 지나는 쓸쓸한 바람마저
사정없이 훑고 지나간다.

빈 지게

안정순

호랑이보다 무서운 식솔의 입에
먹어도 먹어도 끝이 없는 것이
아궁이라 했던가

한 세월이 다 가도록
짊어진 고난의 무게 헐떡이며
뚜벅뚜벅 작대기에 기댄 채

해가 서산을 넘어서고
그림자 태산처럼 높아져도
등이 닳아 군살이 된 업이라
큰 숨 한 번 몰아쉬고
달게 지던 먼 기억 저편

반질반질 손때 묻은 등태
주인을 잃고서
처마 밑에 우두커니 수십 년

나뭇잎도 우수수 떨어지고
몰아치는 서릿바람에
들쑥날쑥 조급한 마음
빈 지게만 뒷동산을 오르내린다.

제목 : 빈 지게
시낭송 : 박영애
스마트폰으로 QR 코드를 스캔하면
시낭송을 감상할 수 있습니다.

여물

안정순

새벽 첫닭이 울기도 전에
성근 잠에서 깨어
굼뜬 삭신을 일으킨다

밤새
칼바람에 떨고 있을
누렁이를 떠올리며

청솔가지 한 입 베어 문 여물솥 아궁이에
솜저고리 덕지덕지 찌든 세간살이는
할아베의 세월을 토해내기라도 하 듯
메케한 송진내를 까맣게 품어내며

잔생의 노고 모락모락 피어오르고
생솔가지 빨갛게 사그라지면
구수한 냄새 여물이 익어갈 즈음

어둠은 물러가고
붉은 영그락에 시린 아침이 달려와
언 몸을 녹인다.

제목 : 여물
시낭송 : 박순애
스마트폰으로 QR 코드를 스
시낭송을 감상할 수 있습니

운무의 향연

안정순

광활한 천지
태산을 휘감아 오르는
저 여유로운 숨결

한 치의 부정도
범접치 못할 장엄한 침묵으로

욕망과 번뇌 살살이 풀어헤치며
태산을 밟고 당당히 오른다

둥 둥 둥 어디선가 울려오는
허물을 벗고 나는 새 한 마리
무채색 향연에 박차를 가하고

이 몸도 이미 내 것이 아닌 것
이 땅에 올 때도 그러하듯
가는 길 부질없는 빈손인 것을

동이 트기 전
구석구석 보시의 마음
샅샅이 거두며

왕 대추 한 알

뒤늦게 철든 막내둥이
어머님 살아생전 뜨거운 후회로
하루하루를 살뜰히 보필하며

밤이면 가로등 밑
흐린 기억을 헤매며 건너 방에 자고 있을
막내를 기다리던 어머님은 간데없고

그 맘도 내 맘인 듯
말랑말랑한 홍시 손에 들고
주인 잃은 횅한 방에 서성거린다

밤이슬 맞으며
하얗게 기다리시던 어머니처럼
애단 구절초를 뒤로

달아오른 취기만 큼이나
잘 익은 대추 한 알
빙긋이 웃으며 넌지시 건넨다
당신 주려고 꼭꼭 숨겨왔다고!

시인 **안하숙**

경남 사천 출생
충남 공주 거주

대한문학세계 시 부문 등단 (2014.10)
(사)창작문학예술인협의회 회원
대한문인협회 대전충청지회 정회원
공주 문인협회 정회원

<저서>
새벽속의 노을 (2015.12)

하늘 꽃 바람

안하숙

우연히 보게 된 하늘
우연히 보인 꽃

처음엔 몰랐지만
처음부터 알고 있던 사이처럼
친숙해진 모습들

함께 있으면 웃음이 나고
행복해
사람들 사이에도 꽃이 피면
좋을 텐데

동트기 전

안하숙

조각달 졸고 있는 이른 아침
길을 나선다

첫 번째
풀잎과 인사 나누고
두 번째
풀잎에 맺힌 이슬과
마음 나누고
세 번째
활짝 핀 나팔꽃과 그리움 나누는 동안

어디선가 물어온 갈바람
등을 두드리면
조금은 쓸쓸한 들판이 내어준
풀잎에 짧은 시를 쓴다

운무

안하숙

구름인 듯
바람인 듯
어디로 흘러가는 나그네 인가

하얀 치맛자락
산자락 휘감으면
나무도 풀잎도 꽃잎도
잠시 세상과 단절하고
밤새 내리던 빗소리 멈추었으니

한 점 부끄러운 붉은 햇살
꺾일 듯 말듯
늦은 오후 구름을 밀치고 해맑게 비추이네

시인과 나

안하숙

보도블록 골 사이 비집고
새초롬 얼굴 내민 민초여
수많은 글에 새겨진 상흔처럼
입으로 말하지 말고 가슴으로 느껴 보세

썩은 뿌리에 먹물 부어 새 생명
움트이게 하는 것이 우리의 임무라면
수없이 많은 감성 깃든 세상 이야기
풀어헤쳐 보세

그리하여 이름 앞에 부끄럽지 않을
시인으로 남아보세

청보리

안하숙

하늘하늘
푸른 치맛자락
잘도 흔들어 댄다

한겨울 모진 눈보라
다 이겨 냈다고
그리도 좋은 것이냐

이른 아침
내 옷깃엔 바람이
한참을 머무는 구나

마른 낙엽

안하숙

한낮 나는 나무 아래 앉아
그들의 아우성을 듣습니다
담쟁이는 잎을 떨군 채
마른 가지를 뻗어 태양을 가립니다

실바람이라도 불어주길 바라지만
고요하고 뜨거운 한낮입니다
어젯밤 그렇게 서걱이더니 9월이
오기 전 누런 잎을 떨구고 말았습니다

마음의 꽃물

안하숙

찰랑거리는 꽃물결 길엔
내 마음도 꽃물로 붉습니다

푸르름도 내 영혼 언저리
벼랑 위로 활활 타오릅니다

툭
불씨 하나 떨어뜨려 주지 않으셔도
그땐 참 이별도
사랑이라
저리도 붉습니다

바닷새

안하숙

네가 날고 있으니 나도
날개를 편다
한평생 생각만으로 세상을
날아 보아도 네 날개만 하랴

철철이 오가는 계절이
허무하다 한들
네 어깨에 내려앉은 자유만 하랴

종이 겁에 담긴 혼합 커피의 달콤함이
혀끝을 자극해도 기억 저편 날고 있는
꿈이 있어 하늘이 높다

잿빛 하늘아
석양을 끌어당기는 저문 저녁
빗방울 떨어져
파도가 숨죽이면 긴장한 하늘이
소금 기둥에 몸을 기댄다

 제목 : 바닷새
시낭송 : 박영애
스마트폰으로 QR 코드를 스캔하면
시낭송을 감상할 수 있습니다.

촉석루 그 곳

안하숙

다 오르지 못하겠네
올라도 내 발걸음으로는
닿지 못하는 높디높은
꿈의 다락이네

지나가는 바람도 무어라
한 줄 시를 떨구고 가는
것인가
나는 듣지 못한다네
잠든 들을 깨우며 휘돌아 가는
남강의 속마음을
나는 알지 못한다네

새벽달

안하숙

새초롬 나뭇가지에 걸린 새벽달
잎새는 이미 땅을 헤집고 뒹구는데
나무엔 새벽달이 매달려 웃고 있다

찬 서리 하야케 쌓이고 쌓여 눈 인양 우쭐대도
시린 바람 스쳐 지날 때
얼굴 가리는 저 풀잎은 또 어쩌랴

겨울 달은 유난히 밝아
어느 임 가슴처럼 투명하네

시인 이은석

대전 유성 출생
충북 청주 거주
공군 약 33년 복무
보국훈장 광복장 수훈
보국수훈 국가유공자
대한문학세계 시 부문 등단
사)창작문학예술인협의회 회원
대한문인협회 대전충청지회 사무국장
대한창작문예대학 7기 졸업
문예창작지도자 자격 취득
대한문인협회 금주의 시 선정
대한문인협회 이달의 시 선정
사)한국서예협회 정회원
전국단재서예대전 초대작가
전국단재서예대전 대상 수상
<공저>
대한창작문예대학 졸업 작품집 "비포장길"
<저서>
시집 "사랑을 노래하리"

E-mail: leees57@hanmail.net

단비

이은석

솔잎 끝에 맺힌 빗방울
가로등 불빛에 영롱하구나

애타게 기다리던 임의 애무에
기쁨의 눈물 글썽이는가

두 팔 벌려 임을 품음에
격정의 흐느낌 토해내는가

애간장 다 태우는 그리움보다
임의 품에 안기어
사랑 노래 함께 부르렴.

논두렁길

이은석

임을 부르는 노래인가요
우렁찬 개구리 울음소리에 이끌려
컴컴한 논두렁길을 거닙니다

금방이라도 쏟아 놓을 것 같은
시커먼 먹구름 머리에 이고
고저장단 개구리 화음에 맞춰
내 마음 풀어 놓은 체

골바람도 덩달아 살랑대며
옷섶 헤집고 품에 들어와
함께 노래하자고 졸라댑니다

빗방울이 머리를 적시면 젖는 대로
바람이 옷깃을 들추면 들추는 대로
작은 여유 즐기며 논두렁길을 거닙니다.

아! 생명이여

이은석

앞마당 콘크리트 금 간 바닥
좁고 어두운 틈을 비집고
힘겹게 자라난 족두리꽃

태양의 담금질 용케 견디며
비바람의 희롱에도 아랑곳없이
외로이 피어난 족두리꽃

유혹의 향기 없다고 하지만
시원스레 뻗은 수술 앞세워
화려한 자태 뽐내는 아름다운 꽃

모진 시련 이겨낸 인내의 꽃
삶에 지쳐 어깨 떨군 이에게
말 없는 응원가를 불러줍니다.

야래향

이은석

해님도 쉬러 간 고요한 밤에
얼굴 가득 차디찬 이슬 쓰고
보고픈 임 기다리며 살포시 웃고 있네요

그리운 임 찾아 애태우건만
구름 쫓는 숨바꼭질 놀이에
얄궂게도 외면하네요

그래도 해맑은 미소 머금고
임을 그리며 밤에 피는 꽃
오늘 밤도 사랑의 눈빛 반짝이네요.

밤바다

이은석

저 바다 끝으로
붉은 해가 떨어질 때면
하늘과 바다가 부끄러운 듯
온통 볼그레 물들어 갑니다

구름과 물결에 어우러져 춤추는
아름다운 노을에 취한 사람들
쉼 없이 카메라 셔터를 괴롭힙니다

모든 걸 온전히 내어주던 노을은
살며시 얼굴 감추고
어둠에 자리를 내어주며 이릅니다

불꽃 놀이하며 꿈 키우는 동심을 지켜주고
가슴 콩닥 이며 밀어 나누는
연인들의 모습을 슬며시 감춰 주라고

아지랑이 사랑

이은석

보일 듯 말 듯 피어오르는
아지랑이를 보셨나요
가슴에 잔잔한 설렘 전하려는 듯
실루엣처럼 아롱이는 아지랑이를
살며시 내 곁에 찾아온 이 사랑이
봄날의 아지랑이 닮았네요

있는 듯 없는 듯 피어오르는
아지랑이를 보셨나요
입가에 작은 미소 전하려는 듯
은은히 춤추는 아지랑이를
귓불 간질이듯 속삭이는 그런 사랑이
살포시 찾아 드네요.

행복

이은석

눈 뜨며 맞는 창문 넘어 햇살이
하루의 시작을 속삭이고
하얀 물감 뿌려진 파아란 하늘이
상쾌함을 선물합니다

저 찬란한 햇살과 눈빛 나누는
당신은 행복한 사람
저 아름다운 하늘과 미소 나누는
당신은 행복한 사람입니다

웃음 짓는 그대와 함께하는 이 사람도
살포시 찾아드는 작은 일렁임에
마음 가득 따뜻함이 전해지네요
가슴 가득 행복이 찾아듭니다.

그리움 담아

이은석

앞산 불그레 수놓아질 때면
하늘 가득 그리운 얼굴 피어납니다

부드러운 손길로 감싸주시고
포근한 미소로 반겨주시던
그지없이 다감하신 아버님 모습

또 이렇게,
빈 가슴에 이는 보고픈 마음을
은은히 흘러가는 꽃바람에 실어
저 하늘에 닿을까 살며시 띄워 봅니다.

제목 : 그리움 담아
시낭송 : 박영애
스마트폰으로 QR 코드를 스
시낭송을 감상할 수 있습니

묵향

이은석

오늘 밤
나와 함께 하는
그윽한 묵 향기는
고향 마을 어귀의
평온함을 전하는 듯하고

오늘 밤
내 곁을 지키는
보드라운 붓끝은
한없이 다감한
엄마의 손길만 같구나.

오늘 밤
코끝에 스며드는
달콤한 묵향을 따라
어린 시절 파고들던
엄마 품의 포근함에 젖어 든다.

제목 : 묵향
시낭송 : 박영애
스마트폰으로 QR 코드를 스캔하면
시낭송을 감상할 수 있습니다.

소국

밤하늘 별 무리가 살포시 내려앉았는가
샛별처럼 반짝이며 마음 두드리는
그대는 누구인가

길가에 웃고 있는 그대는
그 어떤 꽃과도 견줄 수가 없구나
영롱하게 빛나는 아름다운 자태를
그 무엇으로 표현하리

황홀한 그대 모습에 피어나는 미소
앙증맞은 귀여움에 설레는 마음

눈 속에 담아 두리라
마음속 깊이 간직하리라

지금 모습 그대로 머물러 있기를

시인 **이철우**

현 대한문인협회 대전충청지회 정회원
현 충북숲해설가협회 상임대표
현 충북숲해설가 협동조합 이사
현 다일건설(주) 상임이사
현 충청북도 발전협의회 위원
현 청주시 발전협의회 위원
현 숲해설가
현 숲을 통한 인성지도사
현 청주시 자치행정 위원
현 청풍명월21 위원

허수아비

이철우

초가을
허수의 아비가
곰방대를 물고
장평교
들녘에 순찰을 하는데
참모격인
허수의 아들 그림자 피해
그 뒤를 따라온다
용광로 같은 무더위에
우암산 봉우리도
찰싹 엎드렸고
소나기 한 줄 지나자
산들바람 웃는다
허수의 아들
괜시리
참새떼한테 시비를 거는데
허수의 아비
팔 걷어 젖히고 합세
허수의 아비.아들
바빠지면
가을이 온다.

그립다고 말하라

이철우

홀로
지새우는 여름밤은
정말
견디기 힘들어
새벽이 깨지는 소리에
온몸
대청봉을 다녀온 것처럼
연이어 생수 한 사발을
목젖 깊은 곳으로
눈 깜짝 삼켜버린다
그리고는
식은땀을 미친 듯이
샘 솟듯이 흘린다
인생길
출입제한구역이 있나
삶의 시간
사랑이 존재함일까,
아침부터
세월에 편승하듯
하늘이 운다
사랑이라는
미필적 그리움에
흐느적 흐느적 거린다

들꽃

이철우

무심천 사이길
한 송이 시들은 들꽃
한 사발의 생명수에
벌 나비가 날아들어
유월의
바람에 귀 기울임도
잊지 않았구나
시들시들한 들꽃이라
사랑이
식은 건 아니다
하늘에 눈물
또르륵 또르륵 흐르니
몸짓으로 좋아라
들꽃
유혹의 눈빛 맞추며
소리 없이 미소만 짓는
시들시들한 꽃도
말이 필요 없는 사랑
시작되었다

하루

이철우

숲길 속을 잠시 갔다가
금세
되돌아왔을 뿐인데
세상
한참을 방황한다
숲으로
돌아갈 것인지
세상에 남을 것인지
새벽하늘
동쪽 붉은빛이
유월의
초록 나뭇가지 사이
미세먼지 낀
수평선 너머
하루가
쪼개지는 소리가 들린다

보릿고개

이철우

피죽 먹던 그날
뒷동산 아까시 꽃
울어매
젖 냄새 같더라
어질머리 같더라
흙벽돌 삼칸방의
고구마 퉁가리
먹어도 먹어도
줄지 않더라
앞산 장끼
뒷산 뻐꾸기 울음소리
보릿고개
찌그러진 양재기 바닥
동네 어귀 아까시 꽃
배고픔의 허리 굽어
하얀 쌀밥으로 보이구나
아카시아꽃 향기
언제나
갈바람을 따라오더니
바람이 불어오는 남쪽은
아득한 기억의 저편~
그리움의 고향

민들레 홀씨 되어

이철우

날아라 날아라
그것도
아주 멀리 훨훨 날아라
바람 타고
짝을 찾아 날아라
가거라 가거라
아주 멀리
하늘이 널 기다리고
구름이 널 기다리고
땅이 널 기다리고
바람이 널 기다리니
민들레 홀씨
사랑 찾아 실바람 타고
훨훨 날아라
가는 곳마다 짝 씨 기다리니
사랑둥지 지을 수 있으리라

그리움

이철우

그리움이 별빛처럼
밀려드는 새벽
가슴속
사랑빛 물들여지고
그리움에 물감을 풀어
아침 하늘에 하트를
그린다
꽃의 향기 품지 못하고
그리워 그리워
그리움에 걸인이 되어
동냥질하는데
마음만은 사랑이다

시인에 마음

이철우

가끔씩은 보낼 곳 없는
편지 한 장 써봅니다
아침이 오면
붉은빛으로 나를 깨워
맑은 숲길을 걷게 하여
청아한 새소리 듣게 하고
노을이 물들여지는 무심천 사잇길이 있어
아름다운 풍경 속을 걸을 수 있게 하네
어젯밤
별님과 함께 돌이킬 수 없는 시간을 여행하다
어느 한적한 포장마차
딱딱한 의자에서
시원님을 만나
밤새
술잔 속을 들여다보다
그만
웃고 말았습니다
그 후 폰을 켜
내 마음에게 톡을 보내며
위로의 말
한마디 듣고 싶은 마음에
그저
끄적끄적 해봅니다

그꽃

이철우

산 정상을 넘보며
하늘 하늘로 뻗은 나무
그 끝 가지는
수백 년 예약된 빈 공간이
허공이라도 좋다
나무 밑에 서 있는
난
그 허공을 탐하려다
어질어질하여
잠시
고개를 떨구어 쉬는데
나뭇가지 끝에 걸린 것은
여전히 허공뿐 이었다
봄 햇살이 껌벅껌벅 졸다
중얼거리는 한나절
산모롱이 옆 분홍 치마가
작년
그 봄날처럼 휘날리고
산들바람 나래를 펼쳐
흙먼지를 말아 올릴 때
올봄
여기저기 남쪽부터 찾아온
그 꽃으로
울긋불긋 물감을 뿌려놓았다

봄처럼 흘러가리

이철우

상춘객들로 소란했던
언덕 낮은 것대산
붉은 노을빛 그림자
다가서면 어김없이
상춘객들의 발걸음 뒤로
흙먼지 토닥이며
어둠을
마중할 채비를 하는
것대산
상춘객들이 떠나기 무섭게
어두운 밤하늘
달 하나~
별 하나 세어가며
나 홀로 올라
유성처럼 흘려보낸
세월의 흔적들은 회상하며
그렇게
봄처럼 흘러가리라

시인 **임재화**

대한문학세계 시 부문 등단
대한창작문예대학 6기 졸업
문예창작지도자 자격 취득
(사)창작문학예술인협의회 회원
대한문인협회 저작권옹호위원회 위원장
대한문인협회 대전충청지회 감사
<수상>
대한문학세계 신인문학상
한국 문학 공로상
순우리말 글짓기 공모전 장려상 2회
대한문인협회 베스트셀러 작가상 2회
한국문학예술인 금상
대한창작문예대학 졸업 작품 경연대회 은상
<저서>
제 1시집 "대숲에서" 출간
제 2시집 "들국화 연가" 출간
<공저>
현대 시를 대표하는 "명인명시 특선시인선" 5
대한문인협회 특별 초대 시인 시화 작품집
　　　　"유화에 시의 영혼을 담다"
제6기 대한창작문예대학 졸업 작품집 "동반의

들국화 연가

임재화

먼 산자락 저만치서
휘하고 달려오는 가을바람이
살며시 나뭇잎 어루만질 때

이제 떠나도 여한이 없는
빛 고운 단풍 잎사귀
서늘한 바람 앞에 몸을 맡기고

하나둘 낙엽 되어서 떨어져
맑게 흐르는 계곡 물 벗 삼아
정처 없이 두둥실 떠나갑니다.

저만치서 달려오는
소슬한 가을바람이 살그머니
들국화 꽃을 스쳐 지날 때

차츰 깊어가는 가을날
온 누리에 그윽한
들국화 꽃향기 가득합니다.

제목 : 들국화 연가
시낭송 : 박영애
스마트폰으로 QR 코드를 스캔하면
시낭송을 감상할 수 있습니다.

대숲에서

임재화

대숲에 바람이 찾아와
변함없는 절개를 시험하고
솔숲에는 청정한 마음이
자리 잡고 있습니다.

하얀 돌 틈 사이로
졸졸 흐르는 시냇물을 바라보며
이마에 흐르는 땀을 식히고 있노라면

어느덧 버거운 삶에 지친 영혼을 추스르고
또다시 힘차게 도전할 수 있는
용기가 샘솟습니다.

언제나 푸른 대숲에는
늘 여유로운 정과 마음이 있고
살랑살랑 부는 바람에
댓가지가 조용히 흔들립니다.

조막만 한 참새들의 보금자리는
언제나 대숲을 정겹게 만들고
늘 푸른 색깔은 이웃한 솔숲과 화합하여
버거운 삶에 지친 마음에도
빙그레 웃음 찾아들게 한답니다.

제목 : 대숲에서
시낭송 : 박영애
스마트폰으로 QR 코드를 스
시낭송을 감상할 수 있습니

강촌의 봄

임재화

어느 봄날의 주말 오후
인적 하나 없는 조용한 강촌
강변에 빈 배 하나 떠 있고

수양버들 여린 나뭇가지마다
연초록빛 색으로 물들어
살랑 부는 봄바람에 흔들릴 때

조용히 헤엄치는 원앙새 한 쌍
봄 햇볕에 반짝이는 강물
봄 강은 말없이 흐르고 있다.

매화(梅花)

임재화

북풍한설에서도
오직 인내로서 꽃을 피우고
설중매 향기를 잃지 않았습니다.

한겨울 피는 매화는
오히려 매서운 추위 견디었기에
그 향기 더욱 진하고

임과의 고운 우정은
술 익는 향기처럼 농익었으니
더욱더 그 향기 그윽하다.

진심으로 교감하는
설중매의 맑은 기운과 향기
오롯이 내 마음에 가득합니다.

들꽃

임재화

조용히 두 손을 모아서 맞잡고
늘 한결같은 마음으로 오롯이
고운 임의 모습 내 가슴에 품으면

그냥 아무런 말 하나 없어도
임의 작은 가슴 깊은 곳 맑은 마음
한 송이 들꽃으로 곱게 피었습니다.

푸른 하늘에 하얀 뭉게구름 일면
저만치서 불어오는 산들바람이
방긋 웃는 꽃잎을 살며시 어루만질 때

티 없는 구슬처럼 맑은 아침 이슬
작은 꽃잎마다 방울방울 맺혀있는데
다소곳이 고개 숙인 빛 고운 꽃송이
차마 부끄러워 얼굴을 붉힙니다.

연못가에서

임재화

장맛비 종일 내려서
연못에는 맑은 물이 넘쳐흐르고
하늘에는 흰 구름이 한가롭다.

연잎에 맺힌 물방울이
오후의 더위 속에서
또르르 구르고

한 줄기 맑은 바람이
건듯 불어오니
연꽃의 향기가 그윽하다.

비 갠 뒤의 연못은
너무나 잔잔하고 맑아서
물 위에 비친 그림자가 다채롭다.

옥잠화꽃

임재화

한바탕 소나기 지나갈 때면
다소곳이 비를 맞고 있는 모습
너무나 초라해 보이겠지만

비 갠 뒤에 달빛이 비치는 밤
말없이 피어있는 옥잠화 꽃송이
늘 마음 예쁜 선녀처럼 곱다.

백합꽃처럼 순결한 옥잠화꽃
언제나 그대의 작은 가슴속에는
맑은 사랑을 가득 품고 있다.

가을 강(江)

임재화

인적 하나 없는 가을 강가에서
멀리 서산에 뉘엿뉘엿해 저물고
붉은 노을도 이미 그 빛이 바랬다.

이제 어스름 어둠이 내려앉아서
겨우 서너 채 있는 쓸쓸한 강촌(江村)
집집이 하나둘 등불을 밝힐 때

지나던 인적마저도 끊긴 강가에서
소슬하게 불어오는 강바람에 실려
자욱한 물안개만 말없이 다가온다.

호숫가에서

임재화

가을이 짙어가는 산촌
산골짝 아담한 호숫가에서
소슬한 바람이 불어온다.

푸른 하늘은 너무나 맑고
먼 산 능선 위 뭉게구름 일어
하얀색 물감처럼 그림 그리는데

티끌 하나 없는 거울처럼
깨끗한 물 위에 드리운 그림자
조용히 가을 풍경을 비추고 있다.

마음 흐르다

임재화

높은 산 흰 눈 쌓여도
아무런 말 없고
지나던 길손 또한 아무 말 없다.

하늘에 떠 있는 흰 구름
허공을 힘차게 날갯짓하는
새를 따라 함께 날며

겨울 산 깊은 계곡
얼음처럼 맑은 물 흐를 때
내 마음도 함께 따라 흐른다.

순간 무겁던 마음 내려놓으니
오롯이 계곡 물처럼 맑아져
돌아갈 생각마저 잊었다.

시인 **임종구**

대한문학세계 시 부문 등단
(사)창작문학예술인협의회 회원
현)대한문인협회 대전충청지회 지회장
문학애작가협회 정회원 / 호수시문학회 정회원
구암문학회 회장
"시처럼 꽃처럼 인생을 그리다" 밴드 대표리더
대한창작문예대학 6기 졸업
문예창작지도자 자격증 취득
<수상>
대한문학세계 신인문학상
대한창작문예대학 졸업작품상 은상
대한문인협회 주관 특별 초대시인작품
　　　　　　　시화전 선정(2016,2017)
"명인명시 특선시인선" 선정 (2017)
2016 대한문학대상 올해의 시인상
<공저>
대한창작문예대학 졸업작품집 "동반의 여정"
현대시를 대표하는 "명인명시 특선시인선" 선정 (2017)
문학애. 통권 (봄호,여름호,겨울호)

시처럼 꽃처럼 인생을 그리다

임종구

삶이란 흐름 속에
말없이 흘러가는 세월 앞에
지나간 흔적을 바라본다

맑고 순수한 마음으로
행복을 염원하는 꿈 많은 어린 시절
부딪치는 현실 속에 눈물이 흘러내리고
이제 이순의 코앞에서 내일을 그려본다

마음의 여유로움을 찾아
지란지교를 꿈꾸며 샘솟는 영감을 붙잡아
낙서하듯 그려내는 한 편의 시 속에
또 다른 삶을 묻어본다

혹 있을지 모를 독자들에 꽃이 되고
한 줄 시에 일곱 빛깔 무지개를 담아
아름다운 선율에 콧노래 흥얼대며
시처럼 꽃처럼 인생을 그리다.

극락조

임종구

파란 하늘에 먹구름이 돛단배 되어 뭉개 뭉개 얽히고
쉬울 쉬울 참매미는 옛사랑이 그리워
곧게 뻗은 동백나무처럼 아랫도리를 벗는다

오솔길 옆에 산수유는 얇은 미소로 수놓으며
두 팔 벌린 목련은 시 활처럼 손뼉 치고
도라지
도라지
백도라지는 오색 빛을 흠모한다

까만 동경 속에 호수 같은 아침이슬이
윤슬 먹은 파도 되어 시처럼 쌓이고
꿀벌 먹은 호박꽃은
내 사랑 구름처럼 나풀나풀 춤을 춘다

아!
나는 시처럼 꽃처럼 살고 싶다
나는 꽃이 되련다
그리고 한 줄 시가 되련다
나는 나는 너의 여인초처럼
삼백초 백합 기합 속에
내 마음도 너를 만나 푸르르련다.

황홀경

임종구

가느다란 어깨에 둘러맨 태양은
삶의 고난과 역경을 짓누르고
붉은 마왕의 쨍그랑 칼날 소리에
번개 치는 핏 줄기는 하늘 높이 솟아오른다.

어두운 그림자의 영혼 인양
거칠어진 숨결의 피아노 소리는
페로몬 같은 산딸기 향내음에 도취되어
잔잔한 가슴으로 사랑을 녹인다.

보는 것만으로도 황홀하고
만져보는 것만으로도 상온 한데
찰나의 속삭임에 뜨거워진 입술
너와의 입맞춤은 우주 속에 무아지경 이련다.

먼 여행이 시작될 즈음
내 몸속으로 빠져드는 너의 속살은
경직됐던 내 몸뚱이에 큐피드 화살 되어
붉은 용암 토해내듯 오르가슴 만끽하니
내 삶의 거침없는 휴복(休福)이어라.

제목 : 황홀경
시낭송 : 박영애

스마트폰으로 QR 코드를 스
시낭송을 감상할 수 있습니

윤슬에 얽힌 시심

임종구

햇빛과 달빛에 비친 잔물결처럼
내 마음은
오늘도 사방스럽게 물결친다

구름 한 점 없던 따사로운 햇살로
해바라기 따라 마음을 두루 안고
하루하루의 삶을 지켜본다

까만 동영 속에
한 줄기 빛

고요하지만 내겐 광년의 빛이고
광란의 열정이 움트이듯
실오라기 같은 작은 터널에
베르누이의 가냘픈 귓구멍이
환희의 찬 순간으로 전리된다

한 잎 소복 아이스크림처럼
곱고 깊은 심상으로 풍경을 먹을 때
나의 시심은 누란지세에 머물러
오늘도 광활한 우주 속을
뭉게뭉게 헤잡는다.

여백의 미

임종구

꽃이 아름다운 것은
꽃 뒤에 자리 잡은
자연배경이 있기 때문이고

구름이 아름답게 보이는 건
구름 위에 펼쳐있는
파란 하늘이 있기 때문입니다

밤하늘에 별이 아름답게 보이는 것은
태양이 숨어버린
까만 공간이 있기 때문이고

여인이 아름답게 보이는 것은
여인을 보고 있는
남자인 내가 있기 때문이다

이렇듯
세상은 하나를 위해 열이 존재하고
나의 빈자리가 있기에
내 삶도 아름다운 것이다

등대

임종구

석양의 노을이 떠나간 자리
외로움의 등불이 되어
수많은 생명에 빛을 주고
행복의 보금자리로 인도하는 너는
혼자 있어 많이 무섭지만
너를 바라보는 마음이 있으니
그래도 삶이 행복하다.

평범한 인생 종족 번식의 법칙 따라 내 삶도 존재하고
자식 잘 되기만을 핑계 삼아 살아왔으니
이젠 나에게도 새 삶의 이정표가 필요하다.

열심히 사는 것이 아름다운 삶이 아니다
꿈이 있다고 행복한 삶이 아니다
어두운 길에서 한 줄기 빛이 있듯이
수평선 끝에서도 희망의 빛은 늘 기다리는 것이다.

지금 내가 바라본 등대는
자신보다 남을 위해 살아가는
희망의 등불이었구나.

꿈꾸는 낮달

임종구

아침에 태양을 맞이하며
나는 잠시 꿈속을 흐른다
모두 잊혀 가는 시간
나만의 평온이 흐르고 고요한 명상 속에
보이지 않는 사랑이 뇌를 훔치고
내일의 만월을 달구며 희망의 꿈을 꾼다.

누구나 다
자기의 할 일이 있고 책임과 의무가 존재하듯이
나도 내 생명이 다하는 날까지
너를 바라보며 내 꿈을 너에게 주노라.

희망이란 언덕에서 번뇌의 어두운 굴속 늪에
한 계단 한 계단 생명의 빛을 주리다
세상은 도는 것 사차원의 공간 속에 나를 던져 놓고
내가 그 흐름에 강물이어라
지혜는 순리이고 시간은 역사이니라.

오늘의 나의 꿈이 너는 나를 그리워하리라.
슈퍼문의 존엄 속에 기쁨과 구원의 눈빛으로
바라보리다.

알람소리

임종구

먼 훗날의 기적 소리 들으려
우리 모두 모였다가
대양을 향해 또다시 지류(支流)를 탄다

하나의 차돌이 닦이고 갈리어
새알처럼 맑고 닳아져
어여쁜 조약돌이 되듯이
내 삶도 어느덧 오팔로 물들어 간다

탄지(彈指)의 그리움에
훌러덩 지나가 버린 아련함과
세차던 아픔이
숨막히게 순간순간 닳아진 가슴속에

시인이란 새로운 삶의
또 다른 세상을 만드는
내일의 시작임을 알리는
알람소리 였구나.

제목 : 알람소리
시낭송 : 박태임
스마트폰으로 QR 코드를 스캔하면
시낭송을 감상할 수 있습니다.

동행

임종구

검은 머리 파뿌리 될 때까지 살자며 약속한 그날
곱고 아름다운 눈빛으로 마주 보며
아침 이슬 촉촉하게
사랑의 속삭임에 행복을 느낀다

시간의 흐름도 아랑곳없는
연인의 첫사랑처럼
청사초롱 불 밝힌 머나먼 여행을 떠난다

신뢰와 소통으로 공유하며
희생과 배려의 상념으로
행복한 결실의 분신을 탄생시키며
아름다운 삶을 마음껏 영위해 본다

세월의 흐름 속에 만고풍상(萬古風霜) 헤쳐가고
믿음의 동반자로 황혼의 여정 속을 거닐며
무관심 없는 지향 속에 늘 경청하고
아름다운 낙원에서 생을 장식하는
북망산천(北邙山川)에서 잠들고 싶다.

새아씨

임종구

늦겨울 긴 잠에서 깨어난 나는
너무 귀엽고 예뻐서 어머니는 문희(文希)라고 불렀고
이제 겨우 사춘기 지난 내가 새색시 되어
꽃가마 타고 시집간다.

장난스러운 남편은 못생긴 아욱이라 놀려대고
심통 난 나는 뾰죽한 입을 길게 내밀지만
그래도 나는 행복하다.

가을 하늘 별빛 총총한 밤
은빛 방울 다섯 개 달린 속살 비친 자주색 잠옷
두둥실 높아가는 내 마음을 어찌할꼬

내 나이 아직 서른 전에 착하디착한 나의 임은 몹쓸 병에
정신은 오락가락 매일 밤 화난 얼굴에 술 마시면
두들겨 패는 지아비는 자신의 죽음을 알고 이제 그만 잊어달라고
새 삶을 찾으라고 그렇게 못되게 굴었구나
사랑하는 임을 보내야 하는 슬픔에 한없이 눈물이 흐른다.

내 삶은 당신의 삶이요!
긴 생머리 잘라 팔며 젖은 손등 피 받아 먹여주던 지극정성에
지아비 병은 씻은 듯이 나았구나
사랑하는 내 낭군은 오늘도 어린아이처럼
해맑은 웃음으로 나만 바라본다.

제목 : 새아씨
시낭송 : 김지원
스마트폰으로 QR 코드를 스캔하면
시낭송을 감상할 수 있습니다.

시인 **장병태**

대전광역시 서구 거주
대한문학세계 시 부문 등단
(사)창작문학예술인협의회 회원
대한문인협회 대전충청지회 정회원
대한문인협회 금주의 시 선정(2017.04)
대한문인협회 좋은 시 선정(2017.08)

매미의 눈물

장병태

침묵이 안개비 되어 널브러진 초라한 움막 안에는
한낮을 어둠으로 뒤덮은 부슬비 흐느낌 소리 애잔하다

여러 해 홀로 새긴 이름만이 서까래에 걸렸고
너와집 지붕엔 켜켜이 쌓인 그리움 한 자가 넘는다

落水(낙수)의 고통 온몸으로 받아내며
마루 밑에 움츠려 흐느껴 우는 댓돌

비틀대는 두레박에 담긴 달빛
굳은 혈관을 타고 심장을 파고드니
메말라 화석이 된 대들보에 눈물이 고인다

가슴에 박힌 장대비 한줄기 베어
동구밖에 솟대를 세우련다.

뜨락에 잔디 바스락 인다면
솟대 위의 기러기 흐느껴 운다면
그대 산들바람 되어 살며시 다녀간 줄 알리라

행여 다녀가실 그대 마음 아프지 않도록
싸리비 세워 마당 가득한 매미의 눈물 쓸어 담는다

153

가을 사랑

장병태

희미해져 가는 형상을 잊지 않으려
열쇠고리에 너의 체취를 끼워 허리춤에 달았다

질척이는 백두대간 길 달려
붉은 노을 피어오른 벼랑 끝에 섰다

여름 바다에 울먹이는 노을아
네게 다가가지 않는다 서러워 마라
네가 뜨거워서 가까이하지 않음이 아니다

한껏 부풀어 오른 내 가슴속엔
불같은 사랑으로 몸속 모든 臟器(장기)를 태운다
나를 휘감은 담쟁이도 소리 없이 타들어 간다

내 마음 비단 꽃잎 펼칠 준비를 한다
고운 임 찾아들어 애기단풍 담을 수 있도록
선운산 기슭에 내 가슴 열어 너를 기다린다

터져버린 신발창 사이로 혓바닥을 내밀어
바위에 고인 빗물을 마셔도 식을 줄 모르는 사랑

네가 가장 빛나는 순간 내 영혼을 불태우련다.
너를 향한 내 사랑 꺼지지 않는 불꽃이 되어...

不信(불신)

장병태

햇살이 너무도 눈이 부셔
까만 암막 커튼을 쳤다

세상이 어둡다고 등불을 켠다
창밖은 밝은 세상이라 소리쳐도 믿지를 않는 촛대 하나

빛이 잠든 이 밤
커튼을 걷으니 세상이 어둡다
오해의 **抽象**(추상)은 진실이 되어버렸다

새벽닭이 빛을 보라 울부짖건만
不信(불신)의 껍데기는 벗겨지지 않는구나

진실은 그렇게 커튼 안에 묻혀
소리 없이 **忘却**(망각)의 벽을 쌓는다
그렇게 키워낸 **我執**(아집)은
진실된 나를 읽지 못하는구나

솟아오르는 진실의 뜨거운 숨소리
이제는 태양 빛에 녹아 침묵하고 싶다

침묵은 올곧은 소낙비가 되어
나의 답답한 **血**(혈)을 뚫어 주려는가.

금강산

장병태

붓끝에서 눈물 닮은 꽃잎이 날린다
부르지 못하는 사랑의 노래

굳게 닫은 마음의 문을 열어
그렇게 금강산 협곡에
이루지 못한 사랑을 토해낸다

까만 눈물 나무가 되고 바위가 되어
금강산을 덮는다

그대 향한 애틋한 마음 감추고 싶어
크고 높아 오르지 못할 금강산을 세웠다

여린 붓끝으로 하늘을 펼치고 구름을 올려
우리의 피우지 못한 사랑을 쌓는다

늦겨울 비

장병태

아랫마을 홍매화
분홍빛 속살 자랑질에

뒷집 누렁이 맨다리에 짧은 치마
맵시 자랑 한창이다

노란 병아리 합창 소리 따라
앞산 마을 어귀 봄 마중 길떠나니

눈웃음 흘리던 봄 햇살 어디 가고
여전히 길을 막는 심술쟁이 늦겨울 비

개구리도 홍등 아래 꽃단장이건만
기다리는 경칩은 보이지 않네

엉큼한 고뿔 영감 개울가 서성이며
보실 버들개지 가슴 속만 기웃기웃

알 수 없는 도깨비 애달픈 마음에
추적이는 빗물 받아 변덕 죽만 끓이네

중년의 인생

장병태

아직 이른 젊은 하늘에
먹구름 달려와 정적을 뿌리니

문득 고요한 숨소리 녹아
보춘화(報春化) 꽃잎 속 한잔 술이 고인다.

가녀린 줄기 위 청초한 향기는
술에 녹고 나의 눈에 녹는다

도도한 춘란(春蘭) 너의 절개도
꽃술향 취기에 옷고름 떨구네

바람이 시려 울면 어떠하고
청송(靑松)이 붉어진들 어떠하랴

한 잔 술에 청아한 그대 향기 담으니
이것이 흘러가는 중년의 인생인 것을….

외로움

장병태

하늘도 힘겨워 잠이 든 시간
희미한 달빛 타고 찾아온 그대

소리 없이 창을 넘는 불청객 되어
야속한 찬바람은 메마른 가슴 찾는다

물도 공기도 사라진 듯 텅 빈 공간
세찬 눈보라는 신의 노여움 인가

조각난 달님마저 얼려 놓고
시간도 잠재워 찾아온 그대

터지고 갈라진 내 가슴에 쿵 쿵 쿵
야속하게 천공(穿孔)을 하는구나

건드리지 않아도 허물어질 내 마음
어찌 나를 찾아 눈물 짓게 하는가

이별

장병태

먹구름 가슴 덮은 날
신이 품은 자목련 꽃잎 하나

그대 붉은 옷 벗어 놓고
하얀 날갯짓

반짝반짝 황금 햇살
그대 남긴 향기인가

투박한 어둠 속에
고운 흔적 남겼구나

봄

장병태

은빛 햇살 가득 쏟아지는
눈이 부신 어느 날
누군가의 재잘거리는 소리에 눈을 뜨고

코끝을 자극하는 헤이즐넛 커피 향에
에로틱한 전율이 흘러
비몽사몽 정신이 혼미하다

비단결의 부드러움으로
등 뒤에서 나의 속살을 감싸주는
그대의 감미로운 음성 귓가에 전해진다

잘 잤어요?

귓불을 간지럽히는 짜릿한 그 느낌으로
완벽하게 사랑스러운 날

깊은 잠을 깨운 그대는
나만을 위한 아침을 여는
내 사랑이다

서리꽃

장병태

이른 아침 귓가를 자극하는 속삭임에
창문을 열자 짜릿한 동지섣달 장군님이 입맞춤한다

깜짝 놀라 눈 돌리니 겨울 찬바람은
나에 품에 꽃 한 송이 선물 하네

첫사랑 그 님이 한 아름 안겨준 장미 다발도
동장군이 건네주는 이 꽃 한 송이만큼은
울림이 없었나 보다

열아홉 순정에도 느끼지 못한
그렇게 아름다운 여인이 되었다

너무도 신비스러운 솜털 같은 한 송이 꽃
나의 손에 닿아 꽃이 진다
나에 가슴을 시리게 한다

이른 아침에 찾아든 도깨비 같은 동장군
님 그리워 한이 서려 핀 꽃 서리꽃이라 말한다

이 밤 잠들지 않으련다. 그 님을 기다리련다
이 어둠이 지나고 난 꽃이 되려다.
님 그리는 서리꽃..

시인 **장화순**

대전 거주

대한문학 세계 시 부문 등단
(사)창작문학예술인협의회 회원
대한문인협회 대전충청지회 정회원
대한창작문예대학 제6기 졸업
대한창작문예대학 제7기 졸업

<수상>
대한창작문예대학 제6기 졸업 작품 경연대회 은상
2016년 한 줄 시 장려상
2016년 순우리말 글짓기 장려상
대한창작문예대학 제7기 졸업 작품 경연대회 동상
2017년 7월 4주 금주의 시 선정
2017년 순우리말 글짓기 장려상

봄 연서

연서가 왔어요.
분홍이가 입술을 뾰족이 내민다고
발그레한 미소와 요염한 자태
쿵쿵 심장이 터지려 한다고.

연서가 왔어요.
혀 안 붉은 사랑 속살거림에
풀어헤친 홍안의 마음 바다 높게 일렁이고
임 찾는 두견이 노래에 밤잠 설친다고.

갈게요 두견화임 맞이하러
봄 햇살 바람에 젖어 흔들리는 날
한 가슴 가득 품어 안고 말할래요
두견화 너를 내내 기다렸다고.

불티의 꿈

장화순

타고 타서 한낮 불티로
영혼을 날린다 해도 활활
타올라 하늘까지 솟아 날고 싶다
불멸의 태양처럼

타오르는 내 불꽃 영혼의
황홀함에 취하는 너
한순간 반짝이는 불티라지만
나는 네 영혼에 스민다.

사그라지는 작은 불씨는
빛이 되고 싶다
사랑하는 그대 가슴속
불꽃이 되고 싶다.

흔들리는 자화상

장화순

스멀스멀 달팽이 해거름 인사에
알 가득 품은 가재 뒷걸음치고
무지갯빛 피라미 물 위로 튀던 냇가
기웃기웃 고무신 배에 노을이 찾아든다.

냇가는 바싹 마른 가슴 드러내고
물수제비 띄우던 아이 기다리지만
그 아이는 초로의 늙은이 되어
서걱거리는 빈 가슴만 끌어안는다.

쉼 없는 시간의 톱니바퀴에 걸쳐진 몸
늦가을 가랑잎 되어 바스락거리고
하얀 된서리 받아 머리에 인 여인
노을빛 깃든 물결에 흔들리고 있다

제목 : 흔들리는 자화상
시낭송 : 최명자
스마트폰으로 QR 코드를 스
시낭송을 감상할 수 있습니

166

별이 된 할미꽃

장화순

햇살에 비친 머리는 빛바랜 옥수수수염 같고
해넘이로 바쁜 석양이 멈칫거리며
사람과 수레 누가 누구를 미는지 모를
삶의 질곡 가득 쌓인 손수레를 비춘다.

찡그린 눈 멀리 산꼭대기에 걸린
햇살을 보며 손가락 빗질하는 할머니
저놈의 해는 벌써 저기에 걸려 있으면 어쩌누
손가락 빗질 사이 햇살 어눌한 웃음이 비친다.

산꼭대기 햇살이 내려앉으면 빠르게 어둠이 내리면
그 가슴도 어둠이 온다. 죽기보다 싫은 어둠이
온기 없고 외로움이 배어있는 지하 그 방이 싫어
밤늦도록 손수레를 끌고 헤맨다.

할머니 여기 있어요. 모았던 폐지 내어주며
오늘 얼마나 하셨어요. 새댁은 얼마나 팔았는데 하며
웃고 돌아선 할머니의 땀 머금은 옷자락에
소금기 얼룩 꽃이 하얗게 피어있다

박스가 쌓인다. 어제도 오늘도 아니
며칠째 박스는 할머니를 기다리고 있는데
소문은 그 어둡고 외로운 곳에서
겨울밤 할미꽃별이 되었다고 한다.

167

비손 여인

장화순

기름 먹은 횃불처럼 밝지 않지만
작은 희망은 꿈을 품고
칠흑 같은 밤을 하얗게 태운
어머님 소원이 촛불에 타오른다.

기다림이 별빛 등대에 스며든다.

말갛게 흐르는 여인의 사랑
빌고 비는 손끝에 타들어
망부석 냉가슴에 불을 지핀다.

가슴팍이 푹 파이도록 뜨겁게 저를 태워
흥건히 고인 뜨거운 눈물 쏟아낼 때
아픈 사랑도 함께 토해내고
여인은 흔들리며 또 비손이 된다.

제목 : 비손 여인
시낭송 : 박영애
스마트폰으로 QR 코드를
시낭송을 감상할 수 있습니

나무꾼과 선녀

장화순

안개와 구름은 바람에 흐르고
신비를 담은 연못은 넘실거리며
오월의 신부 푸른 선녀들이
주산 호수에 사뿐히 내려 목욕하며
호호 깔깔 웃음소리에
길섶에 내린 아침 햇살 신음을 토한다

별과 달이 잠든 밤 몰래 사랑을 주고
날개옷 가져가는 사랑의 나무꾼
여신의 치맛자락 같은 안개에 빠져
너울너울 춤추는 주왕산의 왕버들은
뜬눈으로 하얗게 밤을 새우고
밝아오는 새벽녘에 잠을 청한다.

용의 비늘처럼 반짝이는 물비늘 위로
물고기 힘차게 뛸 때 물새의 노래는
풀숲을 흥건히 적실 이슬로 떠돌고
솔바람 불어올 때 목 길게 뻗은
선녀처럼 신비하고 아름다운 왕버들은
사랑 주고 떠난 나무꾼을 기다린다.

강 건너

장화순

가위에 눌려 잠 설치고 나선 길
새벽이 강둑에 서성인다.
별빛도 없는 하늘
저기쯤 그 애는 있을까

여명도 보이지 않는 새벽
젖은 눈은 초점이 없다
강 건너 빌딩 숲속에서
무엇을 찾는지

살짝 눈웃음치던 그 애
스무 살에 만나자던 애
사내의 가슴에는 이 새벽
안개비만 내리고 있다

간이역

장화순

사랑의 씨앗으로 태어나
알 수 없는 미지로 가야 하는
공간과 공간 사이
짧지 않은 삶의 시간을
머무는 우주 공간은
내 삶의 간이역

북풍에 차가워진 몸
유리창 투과해 들어와
한참을 머물러
몸을 데워가는 안방은
햇빛 간이역

이름 없는 그림쟁이
첫사랑을 담아 놓은 듯한
파스텔 톤으로 벽에 그려진 소녀
해맑은 웃음이 아름다운 역

해넘이까지 몇 사람이나 태울까
유리창 넘어 들어오는 햇살에
시간표가 꾸벅꾸벅 졸고 있는
수채화 같은 간이역

가을미술관

장화순

그 어느 신도 가늠할 수 없는
미술관이 펼쳐졌다

대한민국 산하 허공에
햇살이란 마술로 빚어낸
지붕 없는 미술관

동전 한입 없이 와도
반가이 맞아주는 곳

지금 대한민국은
가을 미술관을 전시 중이다

가슴에 피는 꽃

장화순

실바람 불어오고 햇살 한 줌 눈부신 날
여린 꽃잎 배시시 눈웃음 마음 설레어
바빠지는 심장 펌프에 붉은 사랑 꽃은 피어난다.

장엄하지 않고 은은한 봄 음률
냉기에 쪼그라든 만산 다독이며
온화한 몸짓으로 붉게 채색되어 웃는다.

스쳐 지나가더라도 저를 기억하라
빗방울 품어 않은 수줍은 몸짓
그 붉은 사랑 가슴 강으로 흘러든다.

진달래 너는 애틋한 사랑이다.

제목 : 가슴에 피는 꽃
시낭송 : 최명자
스마트폰으로 QR 코드를 스캔하면
시낭송을 감상할 수 있습니다.

시인 **정종령**

충남 아산 거주
대한문학세계 시 부문 등단
(사)창작문학예술인협의회 회원
대한문인협회 대전충청지회 정회원

가을을 보며

정종령

따가운 햇살에 단풍이 곱게 물들어 가는 오후
높은 하늘은 구름 없이 파랬다.
슬그머니 떨어지는 낙엽 소리에
가을은 하나 하나 내려놓기 시작했다.

가을이 깊어질수록 시린 가슴을 달래는 저녁 무렵
황금물결은 풍요로움에서 허허벌판으로
극심한 배고픔에 시달린다.
무성했던 잎은 추풍낙엽으로
나무가 가벼워졌다.
가을은 지난날의 시간들을 비어만 가며
빈 껍데기로만 남고
가지고 있던 모든 것들을 빼앗겼다.
텅 빈 가을은 눈물로 채울 수 없고
비워져 가는 것들을 채우려면
가을은 사랑하고 용서해야만 한다

하늘의 그믐달이 유난히 빛나는 깊은 밤
꽃이 핀 자리마다 상처가 생겼고
귀뚜라미 울음소리에 침묵이 흐른다.
이젠 떠날 채비를 서두르는
가을은 혼자서 여행을 준비한다
잊혀져가는 기억을 간직한 채....

겨울비

정종령

겨울비가 내리는 것은
봄이 오고 있다는 것이다.
남녘에서 불어오는 따스한 바람 때문에
눈은 힘을 잃어 가면서
눈물이 되어 내리는 것이다.

겨울비가 내리는 날
겨우내 얼었던 하늘과 땅 사이에
남아 있는 눈이 녹으면
마지막 눈물을 떨굴 때마다
세상은 푸른 빛으로 변해가고
처연한 날들을 감싸 안으며
봄을 맞이하려고 한다.

겨울 끝자락에서 내리는 비에
봄이 오는 소리를 들어 본다.
봄바람 소리에
겨울은 눈물을 뚝뚝 흐르며
남녘을 바라본다.

비가 오면 그대 생각에

정종령

비가 오면
그리운 사람들이 많이 생각난다.
가슴 한 곳이 터진 것이다.
궂은비에 내 모든 마음이 빼앗겨 버려
외로워지는 마음이 갈피를 잡지 못합니다.

비가 오면 모든 것이 젖어 드는데
흐르는 저 강물은 비에 젖지 않은 것은
강물이 품으로 안아 주기 때문입니다.
빗줄기 소리에 서글퍼지고
그대가 그리운 것은
내 마음이 애타기 때문입니다.

빗줄기가 머뭇거리다가 나무에 걸려 넘어져
바람에 부딪쳐 소리를 치면
그칠 줄 모르는 빗소리에
가슴에 묻었던 그리움이 쏟아집니다.

오늘 하루종일 누워
수다를 떨고 있는 빗소리를 듣고 있었습니다

비가 온 후에

정종령

비가 내린 후에 산이 푸르른 것은
비가 지나가면서 목욕을 시키기 때문이다.
나무는 비를 두려워하지 않아야 한다.
비바람에 맞서야 나무에
묻은 먼지를 씻어내기 때문이다.

비가 들판을 적실만큼 내리게 되면
비가 내린 곳은 진한 얼룩이 남는다.
땅이 파이고 웅덩이가 생기고
이 비로 인해 들판이 질퍽할지라도
비는 들판에 씌워진 꺼풀을 벗겨 낼 것이다.

비는 천둥과 번개를 불러들이고
세상을 향해 고함과 불빛으로 힘을 쏟는 것은
미움과 분노를 소리에 떨게 하고
사랑과 용서로 불빛으로 보듬어 주려는 것이다.

비가 그치고 나서 하늘의 무지개가 뜨면
하늘과 땅이 맞닿았고
목메이던 하늘은 울음을 그칠 것이다.

슬픔을 안고 긴 이별

정종령

내 마음은 긴 여행을 떠납니다 마음의 사랑을 안고선
당신이 부르던 노래를 부르며 붙잡을 수 없는 꿈을 좇기에
시련과 고통을 마주하면서도 받아들이기에는 괴롭습니다
하늘과 헤어진 빛은 구름을 넘어 달려오면
잡지 못하는 꿈은 간절한 마음에도 서로 다가가지 못하고
지구와 달은 같은 마음으로 서로 버릴 수 없어
멀리 갔다가 가까이 마주해도 품에 안지 못하는 마음입니다
내 마음을 짓누르고 있는 삶의 무게는 세상에 기댈 곳이 없어
내 가슴은 방황하는 것을 찾기 위해 희망을 찾으렵니다
떨리는 손으로 헝클어진 머리를 풀어헤칠 수 없었고
방 한구석에 텁석 주저앉아 아무것도 할 수 없었습니다
결코 함께하지 않으면서도 가까이 가서 기웃거리고
긴 한숨으로 내 삶은 슬픔을 달랬고
지나간 시간은 아쉬움에 홀로 눈물을 떨구고
다가오는 삶은 두려움에 휩싸여 주저앉아 울었습니다
꿈속에서 존재함은 결코 현실에서는 이루어질 수 없기에
삶의 고통을 찬미하는 천사는 아니겠지요
나의 마음을 편히 쉬게 할 안식처가 없다
오! 기뻐해야 하는가? 슬퍼해야 하는가?
나는 침묵한다
긴 이별을 준비하기 위해.....

오늘은 보름달이다

정종령

달은
어제 달이
기억이 나지 않는다고 한다.

밤이면 밤마다 보는 달이
어제 달이 오늘 달이 아니다

달빛은 애틋한 웃음으로
바람을 타고 창가에 머물면
나는 달과 마주 보게 되고
달은 어둠을 살며시 내려놓는다.
흩어지는 달빛의 음성은
오늘 밤이 부끄럽다고 한다.
속옷도 걸치지 않은 알몸으로
드러나는 달은
얼굴이 불그레 진다.
하루에 한 번씩 변신하는
저 달은 꿈틀거리는 몸짓에
오늘은 보름달이다.

이른 아침에

정종령

눈을 떠 창문을 열면
지나가던 바람은 잠시 멈춰
나에게 다가오면
들판을 비추던 햇살은
눈을 부시게 만들고
내 얼굴에 미소를 남긴다.

배회하던 햇살은 바람에 밀려
내가 문밖에 나서면
햇살은 기다렸다는 듯이
자연스럽게 나를 찾아와
내 몸을 감싸준다

햇살이 한가득 뿌려진 이른 아침
담 모퉁이에 핀 꽃들
햇살에 목욕을 마치고
바람에 얼굴을 내밀면
바람은 꽃향기를 몰고 온다.

이른 아침 따뜻한 햇살에
오늘 하루를 시작한다
미소를 머금으면서….

181

잡초는

정종령

흔히 보는 풀이다.
어디서나 보는 풀이다.
그런데
우리는 이름을 모른다.

뽑아도 뿌리는
땅에 박혀 있다.
땅을 꽉 움켜잡았다.

밟아도 어느새
고개를 져 든다.
얼굴은 상처투성이다.

앞마당, 담벼락
텃밭, 개울 어디든지
자리를 잡으면
끈질긴 생명력이 있고
낯익은 풀이다.

잡초는 터전을 떠나지 않는다.

점, 선, 면, 그리고 공간

정종령

점을 찍었다
그랬더니
선이 되었다.

선을 그었다
그랬더니
면이 생겼다.

면을 붙였다
그랬더니
공간이 만들어졌다.

공간을 연결해 보았다
그랬더니
가지각색 모양으로
여러 가지 모습으로
다양하게 나왔다.

질주하는 밤

정종령

오늘 강렬했던 태양은 서서히 꺼져가면서
서쪽 하늘에 마지막 힘을 쏟아부으면 어둠이 찾아옵니다.
오늘 힘들었고 고단했던 하루의 삶은 술 한 잔에
세상 이야기를 하면서 스트레스를 풀 것입니다
하루를 돌이켜 보면 채워지지 않은 삶을 만족하려고
채우려고 허우적대는 삶은 어리석을 뿐입니다.
어둠이 짙어 오고 처량해지려는 시간에 어디에선가 들려오는
바람 소리를 들으며 손을 벌려 당신을 가슴에 담고 싶습니다
작은 그리움은 외로운 달빛에 달려오는 바람 위에 올라서고
목말라 하는 육신은 당신 앞에 있고 바람은 하늘의 구름을 가리
창문에 찾아오는 빛을 알아보지 못하면
아마도 당신이 생각하지 못한 것들은 낯설게 느껴지겠고
그리고 지금 모든 일들을 꿈이라 생각을 할 것입니다.
흐트러지는 미소는 두려운 표정으로 어둠 속에 갇혀 버리고
당신은 어둠을 빨리 벗어나려면 기다려야만 합니다.
어둠이 지나면 당신에게 하나의 약속을 전해 드리고
당신은 어둠 속에서 다가오는 새벽을 보게 되면
당신에게 별을 띄워 보낼 것입니다
당신은 동쪽 하늘을 바라보시고
당신 가슴에 영원히 간직해 주세요

시인 **정진일**

충남 논산 출생
시인, 서각예술가

대한문학세계 시 부문 등단
(사)창작문학예술인협의회 회원
대한문인협회 대전충청지회 정회원
논산문협 정회원
대한창작문예대학 6기 수료
대한민국서각대전에서 특상 수상

구름 꽃

정진일

해가 지는 저 산마루에
구름 꽃이 피었다
따가웠던 한낮의 햇살도 모여
파란 하늘에 붉은 꽃을 피워놓고
달맞이 고개를 넘으려는가

서산을 넘어가는 붉은 태양아
구름에 별들을 불러 모아
보고 싶어 찾아와도
너를 만날 수가 없어 슬퍼하는
달을 위해 별을 품은
구름 꽃을 산마루에 놓고 가렴

그 자리

정진일

떠난 자리가 아쉬워
마음 둔 곳에 꽃이 핍니다

피지 못한 꽃들은
바람처럼 사라지고

꽃피고 진자리에
옹이 같은 사랑만 남기고 갑니다

내 마음을 둔 그 자리는
나를 기억하는 자리로

이름 없는 꽃과
그 그림자로 피고 지렵니다

해후

정진일

약속은 없었지만
언젠가는 만날 거라는
막연했던 기다림 속에
추억의 그림을 그려놓고

봄꽃으로 깨어난
바람 길을 따라서
숲속에 숨어있는 잔설로
그리움을 만나고 있었다

약속하지 않은 이별 후에
익숙하지 않은 그리움이
나를 기다릴 때마다
마지막일 너를 기다린다

월담

정진일

밤마다 넘나들었던
높은 담장 안에는
내 눈을 멀게 한
아름다움이 있었다

날마다 넘나들었던
높은 담장 앞에는
내 심장을 뛰게 하는
긴장의 장대가 놓여있고

버릇처럼 다가가
담장을 넘을 때마다
마음만 내려놓고
소리 없이 바라만 보다 온다

담장을 넘을 때마다
후리지아 꽃향기가 나는
그녀의 마음 훔치고 싶어
담장 속 푸른 소나무로 머물고 싶다

대구 방천시장

정진일

뚝 방 길 따라
김광석이 있다
서른쯤 할 이야기가
옹벽에 알알이 새겨져 있고

김광석을 안은
방천시장 골목에
통기타 같은 미소를 띤
서른쯤에 젊은 웃음이 보인다

낙서가 노래가 되는 이곳에서
서른쯤이었던 나를 보고 싶다
빈대떡 전에 막걸리처럼
서른쯤의 나를 보고 싶다

청산도

정진일

완도 앞바다
바다거북이 섬이 되었다
옥빛 바다에 그림자로
바다에 떠 있는 청산도

유채꽃 노란 꽃이
남해바다를 머리에 이고
바다를 향한 더딘 걸음을
유채꽃 노란 사랑에
멈추게 한다

별 하나의 사랑

정진일

내 마음에 별 하나 놓고
떠난 사람아
밤하늘별이
차라리 나였으면 좋겠다

어두운 밤
별 하나에
숨겨진 아픔을 살짝 놓고
그리움도 슬며시 놓고 싶다

아프면 사랑이듯
별 하나의 사랑은
아픈 그리움만 가득 안고
달을 따라간다

풀 향기

정진일

유월의 태양이
가슴에 따갑게 피어난다.
바람이 몰고 올 비는
가물어있는 저수지 저 끝
풀 섶에 숨어있나
대지의 목마름을 나 몰라라 하며
사랑놀이에 빠졌다

코끝에 살짝 스쳐 가는
실바람은
수박 냄새나는
풀 향기를 놓아두고
연꽃 피기를 기다리는
청개구리 마냥
연꽃잎에 잠시 머물다 간다

오지 않을 사람을 기다리는
허허로운 미련한 기다림에
추억하나가 나를 기다린
떡갈나무 그늘 아래
풀잎을 바라보며
연서를 보낸다.
풀 향기로 너에게 가고 싶다고

나는 바람 너는 시

정진일

내 마음에 바람이 불어왔다
마음 하나 열어 놓은 창에
바람과 꽃향기가 넘나들고
햇살과 구름이 찾아오는 날
열어놓은 만큼 보이는 작은 세상에
파랑새 한 마리가 바람을 타고 있다

마주하기조차도 마음 떨렸던
에메랄드 하늘의 흰 구름도
소리 내어 고백하기가 쑥스러웠던
바람의 연서도
실크 같은 순백의 시로
너를 향해 바람을 타고 있다

너를 부르리라

정진일

비가 다녀간 풀밭에 앉아
나는 노란 꽃이 되어
너를 기억하고 있는
하늘을 바라다보면서
소리 없이 너를 부르리라

바람이 없는 날
떠가는 뭉게구름처럼
내 마음도 푸른 하늘을
떠날 수가 없어
아름답고 청명한
하늘이었던 너를
이제는 그리워한다.

시인 **조한직**

충남 공주 출생
현) 대전 거주
현)대한문인협회/대한시낭송가협회 정회원
전)대한문인협회 대전충청지회 사무국장 역임
전)대한문인협회 대전충청지회 지회장 역임
<수상>
2010년 10월 시 부문 신인문학상
2011,2013년 올해의 시인상
2012년 전국시인대회 장려상
2012년 시화전 우수작품상
2014년 순우리말 글짓기 전국시인대회 은상
2015년 순우리말 글짓기 전국시인대회 대상
2016년 한 줄 시 전국공모전 동상
2017년 한 줄 시 전국공모전 은상
<공저>
명인명시 특선시인선 6회 선정
　　(2011/2012/2013/2014/2016/2017년
<저서>
제1시집 별의 향기 출간(2014.8)

이메일 hanjic33@hanmail.net

당신입니다

조한직

어두운 밤
하늘에 떠 있는 달보다
더 빛나는 사람
당신입니다

세상을 밝게 비추는
태양보다
더 소중한 사람
당신입니다

꽃보다 아름답고
더 향기로운 사람
당신입니다

진주보다
더 영롱함을 품은 사람
바로 당신입니다
나는 그런 당신을 사랑합니다.

엄마 생각

조한직

엄마는 한평생 내 생각을 먹고
나는 이제야 엄마 생각을 먹는다

엄마는 모두가 사랑이며
매사에 안타까움뿐이다

나는 생각뿐 어린아이처럼
아직도 엄마가 원하시는 게 무언지
어떻게 해야 할지 잘 모른다

또 하루가 어둠 속으로 야위어갈 때
엄마를 바라보면 눈 속엔 측은함이 흐르지만
엄마 앞에서 나는 하얀 이빨로 웃는다

엄마에게 내가 보일까 봐
그냥 하얀 이빨로 하하 웃는다.

느낌이 좋은 사람

조한직

눈을 떠도 감아도
마음에 상사화로 피어

별생각 없이도 잠시
가난한 틈이 나면 흔들리는 꽃잎이다

봐도 못 봐도
가슴 안에서 웃고 있을 땐
맑고 포근하고 아담해서 좋고

가을 아침
석류의 붉은 입속 말간 석류 알처럼
온유하고 해맑은 웃음이 산뜻해서도 좋다

그대는
바람에 나풀대는 봄풀처럼
언제나 싱그럽고 풋풋해서 좋다.

속삭임

조한직

푸른 꿈이 깃든
앙상한 가지를 바라본다

삶은 기다림
기다리다 가슴 다 타 무너져도
한 떨기 꿈
봄날 메마른 가슴에
반짝이는 눈망울로 다가오면
영혼은 초록으로 물든다

가슴 설레게 하는 사랑아
봄 오면 함께
생명수 졸졸 흐르는 시냇가에도 가고

저녁이면
뒷동산에도 올라
솔가지 사이로 뜬 달 따러 가자.

사랑의 길목

조한직

잔잔한 가슴에 누군가가
봉오리처럼 피어나면 그리움의 시작이다

우연히 스쳐 간 얼굴이 그림자처럼 떠올라
눈 속에 아른거리면
그리움이 깊어가는 것이다

마음을 늦추지 마라.
깊은 상념으로 잠들어
점점 바위처럼 굳어지기 전
진정한 용기를 가지고 가슴을 열어라

작은 가식도 버리고
순수의 진실만으로 다가가
그대의 영혼을 다 열 때 그곳에 길이 있다

사랑의 길목에는 언제나
그리움이 먼저 기다리고 있느니…

사랑은 아픈 거야

조한직

사랑은 아픈 거야
그러나 약이 없어

가슴이 답답하고 마음이 설레고
사랑은 그런 거야

사랑은 소리 없이 아프지만
사랑을 놓을 수는 없어

사랑은 기다림이야
명주실 타래보다 길어서
하루가 백날 같고
백날이 천년 같은 거야

사랑이 없으면 죽음이야
숨을 쉬어도 산 게 아니며
앉아 있어도 제정신이 아니야

사랑은 다 비우고
다 받아주니 사랑인 거야

풍란

조한직

아! 너는
바람을 안고 산다지
통한의 설움을 껴안고
모퉁이 돌아서
봄날 너는 그렇게 핀다 했지

에일 듯 윙윙
명줄을 스쳐 간 칼바람에
영혼을 맡기고
수 없는 죽음에서 깨어났다지

운 좋은 날이면
낮고 가난한 햇살 동냥에
맑은 영혼을 녹여낸 고귀한 숨결로
더 갈 수 없는 끝을 맴돌아
꽃으로 핀다 했지

짙은 향을 잉태한 하얀 꽃술
여섯 꽃잎 연하고 독특한 자줏빛 무늬는
외로운 세상을 돌아서 핀 풍란이라지.

양귀비

조한직

아~ 붉다
참 예쁘기도 하다
네 영혼이 나를 울린다

너를 보고 있어도 그리워서
자꾸 내 작은 가슴이 뛴다

네 영혼
무엇이 깃들어서
그리 고운 숨결로 내 마음 다 앗으며
어디서 와
애 마르게 어디로 가는가

나를 따르지 않으면서
내 영혼을 몽땅 흔든다

못 잊어
너를 가슴에 묻노니
선홍빛 영혼 너울너울
바람에 사르는 양귀비야.

머무는 그리움

어둠 속의 별빛 새벽으로 흐르고
풀잎 끝 이슬방울 아침을 깨운다

붉어 오르는 태양은 밤의 한기를 침식하며
창 너머 바람이 들던 길엔
나무들의 환의(換衣)가 한창이다

지난 그리움들이 설렘으로 솟아오르고
유리창에 긴 투시의 햇살 한 줌
가슴으로 내려와 닿을 즈음
국화의 진한 향기가 나를 부른다

아직 잊지는 말아야지
사랑이 다시 올 그 날까지
거닐던 언덕 초록이 돋던 날을
가슴속 붉은 정열 몽우리로 피던 때를

도토리 익어가던 가을
달콤한 밀어 속삭이며 바스락
낙엽 밟던 소리를…

낙엽이 된 그리움

조한직

흔들리다
흔들리다
떨어지고 마는 것이 낙엽이라지

애달 타
애달 타
차가운 휘파람 소리에
멎어버린 그리움이 낙엽이라지

할 말 못 하고
그리움 뒤로 숨어버리면
낙엽 되는 것을

낙엽아
낙엽아
너는 왜 이 가슴 달래주지 못하고
울리는 거니.

시인 **조현경**

Tuntun English Masterclub 강사 근무
보은군농촌체험마을 사무장 역임
튼튼농산 공동대표 역임
주) 메리츠화재 청주비전본부 근무

2016 대한문학세계 시 부문 등단
사)창작문학예술인협의회 회원
2017 충북여성백일장대회 입상
여백문학회 정회원
화암문학회 정회원
보은문학회 정회원

바람

조현경

아느냐
숲을 헤집고 다니는
네 숨결이 더러는 꽃잎을 아프게 하는걸

그래도
들꽃들은 소리 내지 않았어

태양의 비밀 모르는
먹구름
네 의지 짓밟고 미동치 않았어

파란 물 흐르는 하늘에
조용히 연둣빛 실어 나르고

뭉게구름이 하얀 요트처럼
네 길을 막으려 해도

봄의 노래가 너의 등을 타고
낮은 목소리로 자분자분 전한다

작은 들꽃마저도
저만치 다가오는 알람 소리였다고

지각과 감각사이

조현경

너의 정체성은
잡힐 듯이 잡히지 않아
몽환이 아닌 사실인데도

야릇해 곰살맞은 너의 미소
간절하게 기다렸어
너무나도 애타게

포기란 놈이
코앞까지 다가올 무렵
가느다란 빛과 함께
스며들어 오지 뭐야

만질 수도 없지만
어느 순간 내 안에
차오름을 느낀 거야

제발 이젠 떠나지 마
날마다 날마다 내 곁에
착 달라붙어 있어 주길 바래

운명의 날갯짓

조현경

세상에 처음 나오던 날
나는 큰 소리로 울었다

캄캄한 미로에서 눈을 감고
얼마나 기다려야만 했던가
긴긴 침묵 속에서 세상 문을 바라보며
얼마나 날개를 달고 싶었던가

퍼덕이는 날갯짓에 운명을 걸었다
거친 비바람에 날개가 찢기우고
뜨겁게 달아오른 허공에서 추락할지라도
나는 날아오를 것이다

삶은 찰나이나 마음먹기에 달렸다
짧고 굵게 사는 것이
내게 주어진 운명이라면
나는 그렇게 살다 갈 것이다

신은 나에게 뜨거운 가슴을 주었고
맴맴 노래하며 살라고
신비의 목소리를 주었다

비록 나의 생이 짧을지라도
가장 멋진 삶으로
가장 아름다운 사랑으로 살아갈 것이다

내 육신이 껍질로 던져지는 날
결코 후회 없는 삶이였음을...

가뭄 속 반란

조현경

더위에 지쳐 고개가 돌아가고
제대로 몸을 가누지 못한 채
지탱하기조차 버거운 모습들
적게나마 위로의 노래가 되어 줄
바람마저 잠들어 버렸다

타들어 가는 농부의 마음
작은 물줄기라도 애써
뿌리고 뿌려보지만
한참 자라 날 시기마저 잊은 채
생기를 잃어버린 모습들

요란한 전조를 보이고
벼락 등장이어도 좋다
미친 가뭄에 허덕이는
저 아이들 살릴 수만 있다면
밤을 새워서라도 비야 내려다오

어여쁜 잎사귀마다
살랑살랑 너울 춤추고
누가누가 더 큰가 키 재기 하는
보고 있어도 보고 싶은
처음 낳아 잘 자라던 내 아가들의
소리 없는 웃음을 보자꾸나

해녀와 바다

조현경

해 그림자 안고 돌아온 부두
파도 소리 가득 담은 소라
갈매기 넓은 하늘을 품고 날며
지친 하루는 파도를 타고 출렁입니다

하늘 구름 미소가 님이련가
저 수평선 너머에
애타게 그리는 외로운 섬 하나
뻘쭘하게 기대선 등대는 알고 있는지

넘실거리는 너울 파도는
추억의 모래를 씻어 내리고
님이 건넨 진주 목걸이는
아직도 내 품에서 님을 느낍니다

멀찍이 밤바다를 바라봅니다
밀려오는 파도가 서서히 침몰합니다
그건 님의 노래,
님의 시이기 때문입니다

광어 & 연어 사시미

조현경

푸르른 날개를 달고 날았다
어깨엔 분수없는 풍선이
잔뜩 부풀어 올랐다

휴가도 잊고 살았음을 보상받듯
펄펄 끓는 청춘들 틈바구니에 끼여
흥겨운 음악과 함께 맛집의 묘미
연신 목 넘김에 흡족함을 느껴본다

군침 돌기에 충분한 기름기 좌르르
달보드레한 살점이 입안 가득 맴돈다
콧속까지 알싸함이 왕복하여 다녀가고
쫄깃한 식감이 혀 속에서 살풀이 춤춘다

시간이 멈추어버리길 은근히 기대하며
다시없을 오늘을 만끽해 본다
하얗게 비운 후 설레는 내일을 위해

아직도 식지 않은 장미

조현경

쉰 하고도 두 해가 지나간다

발그레해진 볼로 처음 널 만나던 날부터
꼬박꼬박 잊지 않고 찾아오는 너

얼마나 더 아파야 날 놔줄 수 있니

얼마나 더 힘들어야 날 떠날 수 있니

가끔 너의 고마움 잊고 산다

너 때문에
비로소 여자라 불릴 수 있었고
두 아들 선물 받을 수 있었는데

떠나면 아마 난 딴사람이 될지 몰라

유리창엔 비가 내리고
불편한 의자처럼
상기된 심신 식힌다

너의 고마움에
오늘은 모던한 팝을 선물한다

언젠가 제구실 끝낸 훗날 떠날 한 송이

215

물의 넘침

조현경

물 폭탄이 터졌다
대지의 목마름이
물에 순간 잠겨버렸다

미친 가뭄 뒤엎은 반란
통제 불가능

검은 구름 속에 파묻힌 휴일 송두리째 삼키고
위험의 고비 넘긴 시간

매미가 속절없이 울고 있다

창밖
철부지 어린아이가
물 텀벙 놀이에 빠졌다

짓궂은 바람 잠드나 했을 때

또다시 요란한 굉음과 함께 물 폭탄

땅따먹기할 듯 덤벼든다

공포라니

반항 모르고 낮은 데로만
흘러 다니는 저 물이

긴목말불버섯 밭에서

조현경

다 자란 버섯이
연기처럼 포자를 내뿜으며 생명을 퍼뜨린다

따스한 생기
호흡으로 일어나는
소생의 계절

겸손의 눈 열고
새 움트는 걸 본다

봄볕 아래
갓 태어난 새싹 연둣빛이다

짙게 물든 향기
저런 게 은총 아닌가

여름에서 가을
꽃망울 터뜨리며
산야에 자생하는 희망

내 아이들 손을 당겨 잡고 한참 바라봤다

시인 **최명자**

대한문학세계 시 부문 등단
(사)창작문학예술인협의회 회원
대한시낭송가협회 회원
시낭송지도자 자격증 취득
대한창작문예대학 제7기 졸업
문예창작지도자 자격 취득
현)동화구연, 시낭송가
현)(주)웅진씽크빅 교사

<수상>
2013년 (사)창작문학예술인협의회
　　　특선시인선 부록 시낭송가 감사패
2015년 대한문인협회 한국문화 예술인 금상
2016년 대한시낭송가협회 감사패
2017년 대한창작문예대학 졸업 작품 경연대회 금상
2017년 특별 초대 시인 작품 시화전 선정
2017년 순우리말 글짓기 동상

<공저>
2017년 제7기 대한창작문예대학
　　　졸업 작품집 [비포장길]

딸이 주는 행복

최명자

오월의 햇살 머금은
향기로운 꽃으로 온 내 사랑아
널 보면 입가에 번지는 미소로 행복하다.

빛나는 긴 생머리
뽀얀 피부가 어여쁜 내 사랑아
널 보면 사랑스러움에 입맞춤 하고 싶다.

우아한 춤사위로
무대 위 백조를 꿈꾸는 내 사랑아
힘든 여정 속에
어려운 시련의 그림자가 와도
너의 손 잡아줄게.

오늘도
해맑은 미소로 날갯짓하며
아름다운 희망의 꽃 피우는
널 보면 눈가에 번지는 미소로 행복하다.

그냥
바라만 봐도 참 행복하다.

제목 : 딸이 주는 행복
시낭송 : 최명자
스마트폰으로 QR 코드를 스캔하면
시낭송을 감상할 수 있습니다.

이화(異花)

최명자

봄빛 품은
발그스레한 명자꽃이
톡톡 터지며 눈웃음친다.

청초하고 사랑스러워
선홍빛 입술에 입맞춤하면
너와 나는 하나 되어
또 다른,
향기 품은 꽃으로 피어난다.

오늘도
햇살 가득 수놓은
붉은 꽃숭어리 눈에 어려
약속이라도 한 듯
또, 너를 보러 간다.

안개 숨 연가

최명자

가로숫길 달빛을 품은 가로등에
하얗게 밤안개가 피어오른다.

가슴으로 촉촉이 젖어 드는 미지의 세계
발길 머문 그곳에 고즈넉한 사랑이 온다.

하얀 안갯속에 사랑은 선율을 타고
황홀한 숨을 피운다.

아,
달빛이 그린 하얀 세상에서
눈 감아도 느낄 수 있는 그대와
또 하나의 추억을 찍는다

여인의 향기

최명자

봄빛이 물들면
연분홍 미소 짓는 너

바람에 살포시 춤추는
우아한 몸짓은
여인의 향기로 가득하다.

산허리 자줏빛으로 타오르며
발길 머문 가슴에
한 떨기 사랑이 되었다.

아름다운 사랑이 뜨락에 떨어지면
차마 꽃잎을 쓸지 못하고
그리움 눈에 담는다.

하얀 그리움

최명자

오래된 기와지붕
바람이 데려다 놓은
소담한 풀 속에
하얀 치마 두른 개망초 웃고 있다.

지나가던 바람이
외로움 달래며
머물다 간 자리
햇살이 내려와 안아준다.

임 오시는 길 바라보려
높은 곳으로 올라와
하얀 그리움에
노란 얼굴 가득 하늘빛 담는다.

손바닥 꽃

최명자

여행 중에 찍은 사진 한 장
일곱 명의 미녀군단이
한쪽 손끝을 맞닿게 모으자
화르르 꽃으로 피어난다.

일곱 빛깔 주렁주렁 멋 부린 꽃잎에
한바탕 웃음으로 떠들썩하다.

이국의 도시에서
햇살이 보석을 걷어내기 전에 찍은 손바닥 꽃은
작은 카메라 속으로 꽃향기보다 빠르게 스며든다.

여행 중에 찍은 사진 한 장
마음속에 정 하나 심어 놓아
참 따뜻하다.

야화

최명자

어둠이 내려와
달빛이 고요히 흐르면
습관처럼 당신을 생각합니다.

그러면
어느새 그대 숨결 다가와
감미로운 향내음으로 들려주는
사랑의 세레나데

소소한 이야기로
하얗게 밤을 지새우며
욕망의 꽃을 피웁니다.

이제는
중독되어 버린 내 사랑
순간의 그리움을 삼키며
뜨거운 가슴속에 품어봅니다.

장미

최명자

태양을 품은 너는
수를 놓은 듯
신비로움을 안고 있다.

베일이 벗겨지듯
부드러운 속살이
한 겹 한 겹 피어날 때마다
고혹적인 자태로 유혹한다.

붉게 타오르는
부드러운 입술에 입맞춤하면
점점 더 너의 심장 속으로 빠져들며
황홀함에 취한다.

순백의 눈꽃

최명자

눈을 머금은 잿빛 구름이
소담스런 눈송이로 내려온다.

긴 기다림의 첫눈이다.

어디론가
훌쩍 떠나고 싶은
마음 한 자락 뿌리치지 못하고
하얀 눈을 맞으며
무작정 길을 나선다.

바라만 봐도
시리도록 아름다운 눈송이는
짧은 만남이 못내 아쉬워
가슴으로 다가와 속울음 삼킨다.

함박눈이 내리는 지금
임 향한 그리움이 쌓이듯
순백의 눈꽃이 한 겹 한 겹 쌓이고 있다.

겨울바다

최명자

바다내음 가득한 겨울바다에 서면
고단한 삶에 지친
먹먹한 가슴이 확 트인다.

칼바람에 얼얼하고 휘청거리는 내게
끝없이 밀려오는 파도는 하얗게 웃으며
밀려가는 물결에 마음을 비우라 한다.

삶의 뒤안길에서
질투와 욕심 집착을 버리자
마음이 편안해진다.

고요함이 가득한 겨울바다
넘실대는 파도 위로 별들이 몸을 던지면
내 가슴속에 더 밝은 희망을 주는
빛으로 고요히 흐른다.

시인 **최순호**

출생 1966 충남 예산

서울대 농과대 졸업
ROTC 27기 만기전역
컴키드 수원점 대표
현 그린비농장 대표

대한문학세계 시 부문 등단
가야문학 정회원
대한문인협회 대전충청지회 정회원

남겨진 향기

최순호

첫 향기는 은은하더이다.
그 향기 무딘 가슴에 들어가
폐부 깊숙이 박힌
총알처럼 아프게 하고

두 번째 향기는 아찔하더이다.
어떤 것인지 궁금하지도 않고
당신이 온 줄 알았지

세 번째 향기는 달콤하더이다.
당신과 함께 걷던 그 길이
그리 길었는데도
그저 가깝더이다.

네 번째 향기는 상큼하더이다.
청량하고 시원해서
목마른 가슴 너머로
청량제가 되었소이다!

다섯 번째 향기는 희미하더이다.
너무 깊숙이 스며든 탓에
은은한 체취마저 없어진 것인지
아님 동화되어 버린 것인지

마지막 향기는 아예 없더이다.
내 옆에 언제 있었는지조차
까마득히 오래전이라서
가끔이라도 생각나게
내 기억 속에 남겨주세요

키스

처음부터 하나였던 것들이
둘이 되고 나서부터
이런 일들이 벌어질 줄
생각조차 하지 않았지요.

서로를 찾게 되고
서로를 탐닉하게 되고
하나가 되려 애쓰게 될 줄
어찌 알았으랴

그것이 신께서 내린 천형인 줄
알았다 치더라도 벌을 달게
받아들이지 않고 항변하는
프로메테우스처럼

오늘도 내일도 하나가 되고자
키스로 시작하여 오롯이
서로를 탐닉하다 허상인 줄
깨달았어도 허전한 그것

아침과 저녁이 같아질 때
비로소 하늘과 바다가
그 짙푸른 하늘이
거무튀튀한 바닷물과
오늘도 키스한다.

사랑의 경제학

최순호

처음 느끼는 그 감정
다시 느껴 볼 수 없기에
한계효용체감 법칙이 적용되지
그러기에 후회하지 말고
모든 걸 주어서라도 가지려 하지

편익보다 비용이 커지면 이별을 고하는 게
요즘 사랑 이래
배타적인 애정의 독점권을 행사하려는
계약이 사랑이란 거지

사랑엔 늘 경제학이 적용돼
총수익과 총비용에서 이익이 남아야
유지되는 거고
서로 간의 배려가 있어야
사랑이 잘 굴러가는 게야

늘 첫사랑이 된다면 언제나
사랑은 효용 가치가 최대가 된다.

사랑의 물리학

최순호

처음부터 하나이었던 것이
서로 멀리 떨어져 나가 더 멀어진 사이에
그리움이란 진자의 움직임이 작동하면
거리초월 현상도 관계없이
수만 광년 떨어져도 느낄 수 있어

보고 싶다 라는 생각이 떠오르면
곧바로 공명현상을 일으켜서
사랑의 상대방도 알아차리게 돼
그래서 사랑의 방정식에서는
항상 제로가 되는 거야

초콜릿은 사람의 체온보다
1도 낮은 온도에서 녹아내리듯
사랑의 온도는 1도가 높아지면
면역력도 덩달아 늘어나지
그래서 사랑하는 거야
같은 사이클을 느껴
공진하고 싶은 게야.

매화

최순호

시간은 속도와 중력의 크기에
반비례하며 흐르듯
가벼운 네가 무거운 나보다
시간이 빠르게 흐른다.

남녘의 봄기운에 숱한 꽃들이
다투며 피어나듯
화들짝 놀라며 꽃피운 홍매
가슴 보는 듯 뛰는 구나

임 기다리며 보낸 시간이
임 만나며 보낸 시간보다
길게 느껴지듯
홍매화 만난 시간이 그리
반가울 수가 없다.

벚꽃 지니 복사꽃 마중

최순호

참으로 아쉬운 것이 피고 짐이라
어제 본 벚꽃길 봄바람에 꽃비 되어
떨어지니 한숨짓다 눈물 나오네.

달궈진 내 몸도 이와 같으려나
너무 짧은 사랑이여
네가 가니 다가오는 복사꽃
이미 마음 주어 버렸으니

사람 마음 참으로 이상하구나.
슬퍼 마라 벚꽃아
새봄 오면 제일 먼저 널 안아줄게.

너

최순호

너랑 함께하고 싶어
노랗게 핀 개나리, 산수유, 복수초
알록달록 벚꽃 흐드러지게 핀 길가

슬프고 힘든 거 다 잊게
잠시 쉼표 찍어가며 쉴 수 있게

너랑 함께하고 싶어
만남도 사랑도
아름답고 즐겁게

꽃구경 바다 구경 산과 들 모두
너랑 함께하고 싶어
늘 그렇게 너랑 함께

4월의 눈부신 날에
너랑 함께했던 그 바닷가 모래사장에
발자국 남기고 싶어

봄날에

최순호

처음으로 마음 내어
법당에 앉았네.
일주문(一柱門) 들어설 때
먹은 그 마음 그대로

목련향 봄날임을 알리고
서원(誓願) 세우며
수계(受戒)를 받았고
완연한 봄꽃으로 수놓았네.

봄바람에 꽃향기
승복 속으로 들어오고
하얀 미소 너를 껴안고
선정(禪定)에 들었네

너와 내가 둘이 아니고
안과 밖의 경계가 없으니
너는 향기만 남아서
촛불 되어 빛을 밝힌다.

비산(飛散)

최순호

화려함을 자랑하겠느냐
꽃이 지는 것을 슬퍼하랴
오늘 흩날림 하여 땅으로 돌아감은
온 곳으로 돌아가는 귀향이니
고향은 어미 품처럼 푸근하다

꽃과 사람이 나고 돌아감은
인생에 있어 다반사
꽃 한 송이에 술 한 잔
술 한 잔에 꽃다발 하나
그저 즐거움이 따로 없네.

벗이 있어 나눌 술 한 잔 있고
사랑하는 이 있어 따뜻한 차
나누면 그만인 것이지
오늘 꽃비에 떨어지는 배꽃은
배 술 되어 그대와 나랑 한잔
즐겨보자.

대한문인협회 대전충청지회 동인문집

삶이 담긴 뜨락

초판 1쇄 : 2017년 10월 16일

지 은 이 : 임종구 외 20인

  김말란 김성수 김인숙 나영순 박영애

  박윤종 백덕임 안정순 안하숙 이은석

  이철우 임재화 장병태 장화순 정종령

  정진일 조한직 조현경 최명자 최순호

엮 은 이 : 김락호

디자인 편집 : 이은희

기 획 : 시음사

인 쇄 : 청룡

연 락 처 : 1899-1341

홈페이지 주소 : www.poemmusic.net

E-Mail : poemarts@hanmail.net

정가 : 15,000원

ISBN : 979-11-86373-92-7